आओ कार्टून बनाना सीखें

डॉ. अनुज शेषा

सीखने व सिखाने की श्रेष्ठ पुस्तकें

- ✔ 15 दिन का ड्राइंग तथा पेंटिंग कोर्स
- ✔ कार्टून कैसे बनाएं
- ✔ 101 मैजिक ट्रिक्स
- ✔ बाटिक कला (फैब्रिक पेंटिंग तथा टाई एंड डाई सहित)
- ✔ रैपिडैक्स होम टेलरिंग कोर्स
- ✔ एक सौ एक हिट
  फिल्मी गीत ग़ज़ल एवं भजनों की
  स्वर-लिपियां
- ✔ गिटार सीखिए
- ✔ हारमोनियम सीखिए
- ✔ सितार सीखिए
- ✔ वायलिन सीखिए
- ✔ मेंडोलिन और बेंजो सीखिए
- ✔ तबला व कांगो-बोंगो सीखिए

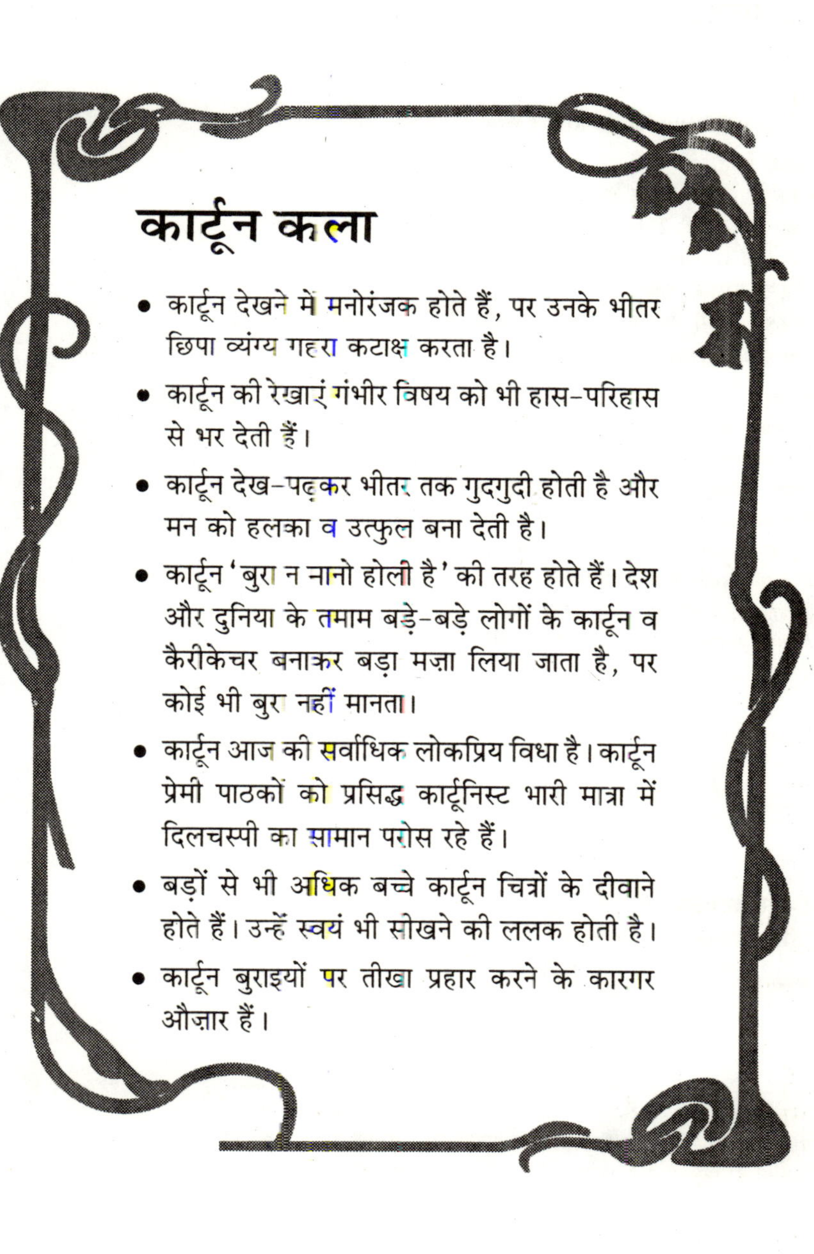

कार्टून कला

- कार्टून देखने में मनोरंजक होते हैं, पर उनके भीतर छिपा व्यंग्य गहरा कटाक्ष करता है।
- कार्टून की रेखाएं गंभीर विषय को भी हास-परिहास से भर देती हैं।
- कार्टून देख-पढ़कर भीतर तक गुदगुदी होती है और मन को हलका व उत्फुल बना देती है।
- कार्टून 'बुरा न मानो होली है' की तरह होते हैं। देश और दुनिया के तमाम बड़े-बड़े लोगों के कार्टून व कैरीकेचर बनाकर बड़ा मज़ा लिया जाता है, पर कोई भी बुरा नहीं मानता।
- कार्टून आज की सर्वाधिक लोकप्रिय विधा है। कार्टून प्रेमी पाठकों को प्रसिद्ध कार्टूनिस्ट भारी मात्रा में दिलचस्पी का सामान परोस रहे हैं।
- बड़ों से भी अधिक बच्चे कार्टून चित्रों के दीवाने होते हैं। उन्हें स्वयं भी सीखने की ललक होती है।
- कार्टून बुराइयों पर तीखा प्रहार करने के कारगर औज़ार हैं।

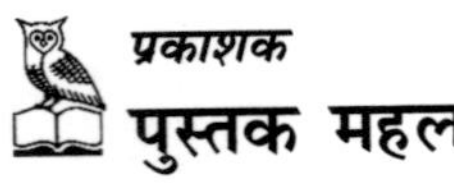

प्रकाशक

पुस्तक महल

J-3/16, दरियागंज, नई दिल्ली-110002
☎ 23276539, 23272783, 23272784 • फैक्स: 011-23260518
E-mail: info@pustakmahal.com • *Website:* www.pustakmahal.com

विक्रय केन्द्र

• 10-बी, नेताजी सुभाष मार्ग, दरियागंज, नई दिल्ली-110002
☎ 23268292, 23268293, 23279900 • फैक्स: 011-23280567
E-mail: rapidexdelhi@indiatimes.com

• **हिन्द पुस्तक भवन**
6686, खारी बावली, दिल्ली-110006
☎ 23944314, 23911979

शाखाएं

बंगलुरू: ☎ 080-2234025 • टेलीफैक्स: 080-22240209
E-mail: pustak@sancharnet.in • pustak@airtelmail.in

मुंबई: ☎ 022-22010941, 022-22053387
E-mail: rapidex@bom5.vsnl.net.in

पटना: ☎ 0612-3294193 • टेलीफैक्स: 0612-2302719
E-mail: rapidexptn@rediffmail.com

हैदराबाद: टेलीफैक्स: 040-24737290
E-mail: pustakmahalhyd@yahoo.co.in

ISBN 978-81-223-0650-0

संस्करण: 2012

मुद्रक: सुपर फाईन बुक बाइन्डिग वर्क्स, (यू०पी०)

अवन्तिका के राजा महाराजाधिराज
भूतभावन भगवान महाकालेश्वर
के चरणों में सादर समर्पित।

प्रेरणा दाताओं, मार्गदर्शकों,
शुभचिंतकों और परिवारजनों
को भी यथायोग्य
समर्पित।

कला की बात

वर्तमान समय में कार्टूनिंग एक कला के रूप में प्रतिष्ठित हो चुकी है। समाचार-पत्र या पत्रिका कार्टून के अभाव में नीरस प्रतीत होते हैं। इसलिए उन्हें रोचक और मनोरंजक बनाने के लिए कार्टूनों का उपयोग किया जाता है।

कार्टून हमारे जीवन के आर्थिक, सामाजिक, राजनीतिक या अन्य पहलुओं को लेकर बनाए जाते हैं। ये जहां किसी विषय को लेकर मनोरंजन या व्यंग्य करते हैं, वहीं किसी समस्या विशेष की ओर ध्यान भी आकर्षित करते हैं। यही कारण है कि समाचार-पत्र या पत्रिकाओं में सदैव ही कार्टूनिस्ट की आवश्यकता बनी रहती है।

वर्तमान में पाठकों की रुचि के कारण ही कार्टूनयुक्त पत्रिकाओं व कॉमिक्स का बड़ी संख्या में प्रकाशन होता है। वैज्ञानिक क्रांति के फलस्वरूप टेलीविजन पर भी कंप्यूटर द्वारा निर्मित कार्टून-फिल्मों व कहानियों का प्रसारण किया जाता है।

वैसे तो कार्टूनिंग सीखना कोई विशेष कठिन नहीं है, परंतु इस कार्य को करने के लिए विभिन्न प्रकार के चित्रों को बनाने का लंबे समय तक मेहनत और लगन के साथ अभ्यास करना पड़ता है। साथ ही हमारे दैनिक जीवन में घटित होने वाली घटनाओं पर भी पैनी नजर रखनी होती है, जिससे इनको आधारित करके कार्टून बनाए जा सकें।

पाठकों की रुचि के कारण वर्तमान समय में कार्टूनिंग यश और धनोपार्जन का एक महत्त्वपूर्ण स्रोत बन गया है। अतः आप भी थोड़ी मेहनत और लगन से अभ्यास कर कार्टूनिंग सीख सकते हैं और एक कुशल कार्टूनिस्ट के रूप में अपना कैरियर बना सकते हैं। कार्टूनिंग को सीखने के मार्ग में सबसे बड़ी बाधा समुचित मार्गदर्शन न मिलना है।

अतः इस पुस्तक के माध्यम से कार्टून निर्माण कला को चित्रों की सहायता से अत्यंत सरल रूप में समझाया गया है। इसके लिए संपूर्ण पुस्तक को कई अभ्यासों

में बांटा गया है तथा प्रत्येक अभ्यास में कार्टून के विभिन्न पहलुओं को सरलतापूर्वक समझाने का प्रयास किया गया है। आपको नियमित रूप से क्रमानुसार एक-एक अभ्यास खंड का अध्ययन कर आगे बढ़ना है। इसके अध्ययन से आप बहुत कम समय में कार्टून कला को सीख सकते हैं तथा एक कुशल कार्टूनिस्ट बन सकते हैं।

प्रस्तुत पुस्तक में कार्टून निर्माण विधि को सरलतापूर्वक समझाने के साथ कार्टून बनाने में उपयोगी विभिन्न चित्र भी दिए गए हैं, जो आपको कार्टूनिंग सीखने में समुचित मार्गदर्शन करेंगे, परंतु यहां यह स्पष्ट करना जरूरी है कि हमारे दैनिक जीवन में दिखाई देने वाली प्रत्येक वस्तु या प्राणियों की आकृतियों का इस में चित्रण करना संभव नहीं था। अत: अन्य वस्तुओं के चित्रों को बनाने का अभ्यास आपको स्वयं ही करना होगा।

इसके लिए आवश्यक है कि आप दैनिक जीवन में दिखाई देने वाली वस्तुओं और प्राणियों को गौर से देखें तथा उनके विभिन्न मुद्राओं में चित्र बनाने का अभ्यास करें, क्योंकि नियमित आभ्यास ही वह पथ है, जो आपको सफलता की मंजिल तक पहुंचा सकता है।

–डॉ. अनुज शेषा

अंदर के पृष्ठों में...

अभ्यास 1

कार्टून क्या है?

कार्टून को हिंदी भाषा में 'व्यंग्य चित्र' कहते हैं। इसके चित्र प्रतीक रूप में बनाए जाते हैं, साथ ही संवादों में कटाक्ष, किंतु सही सूचना होती है। इसे प्रायः सभी समाचार-पत्रों के मुख पृष्ठ पर एक कॉलम में स्थान दिया जाता है। पत्र-पत्रिकाओं में किसी स्थायी पन्ने पर कार्टून बनाया जाता है। इसके अतिरिक्त पत्रिका के बीच में भी किसी-किसी पृष्ठ पर रोचक रूप में कार्टून बनाए जाते हैं।

कार्टून बनाने के कई उद्देश्य होते हैं, जैसे—

अ. कार्टून पूरे समाचार-पत्र का आईना होता है। कहने का अभिप्राय यह है कि किसी समाचार-पत्र के कार्टून को देखने से उस पत्र के विचार, खबरों के संकलन के स्तर की जानकारी होती है।

ब. इसके माध्यम से सरकार, शासन, अधिकारी आदि को उनके अनुपयोगी सुझावों, नीतियों के नकारात्मक पहलुओं की सूचना दी जाती है।

स. प्रतीक रूप में किसी विशेष पहलू की जानकारी दी जाती है, जो रोचकता के साथ आसान शब्दों तथा व्यंग्य रेखाचित्रों के माध्यम से प्रस्तुत किया जाता है।

पत्र-पत्रिकाओं में कार्टून कई प्रकार से बनाए जाते हैं। जैसे—मनोरंजक कार्टून, सम-सामयिक जानकारी से पूर्ण, बाजार में आई मंदी-तेजी के कार्टून, व्यक्ति विशेष—चाहे वह राजनेता, अधिकारी, पुलिस, आम नागरिक, किसान आदि कोई भी हो, उसकी व्यथा, दर्द, अत्याचार, ज्यादती भरा कार्टून, यानी जीवन के किसी भी विषय से संबंधित हो सकता है।

कार्टून पत्रिका के किसी स्थायी पृष्ठ अथवा उस पत्रिका के किसी भी पृष्ठ पर बनाए जा सकते हैं। वर्तमान समय में तो कार्टून कहानियां जो कई सीरियल्स में प्रस्तुत की जाती हैं, काफी लोकप्रिय हो रही हैं। इनसे दोहरा लाभ इस प्रकार लिया जाता है कि इन्हें रोचक रूप में कई चरणों में प्रस्तुत किया जाता है। अतएव पाठक उसकी कड़ी को बनाए रखने के लिए उस पत्रिका के प्रत्येक अंक को खरीदने के लिए बाध्य किए जाते हैं। कार्टून वही उत्तम कोटि का माना जाता है जो लुभाऊ, सटीक संवाद वाला हो। संवादों की भाषा आसान, परंतु व्यंग्य ज्यादा असरकारक हों।

कार्टून की उपयोगिता

वर्तमान समय में कार्टून की लोकप्रियता व उपयोगिता दिनों-दिन बढ़ती जा रही है। इसके बगैर तो पत्र-पत्रिकाएं ऐसी लगती हैं, जैसे मांग में बिना सिंदूर भरी सुहागिन स्त्री। पाठक जहां समाचार पत्रों में मुख्य हैडिंग पढ़ने के बाद कार्टून का कॉलम ढूंढते हैं, वहीं पत्रिकाओं में कार्टून का स्थायी पन्ना भी अवश्य तलाशते हैं। अच्छे कार्टून के माध्यम से उस पत्र या पत्रिका पर पाठकों का ध्यान आकृष्ट होता है और उनकी बिक्री काफी बढ़ जाती है।

व्यावसायिक लाभ : कार्टून बनाने में निपुणता प्राप्त कर लेने पर उस व्यक्ति को काफी धनार्जन भी होता है। वर्तमान में अच्छे कार्टूनिस्टों की अलग ही पहचान है। आर. के. लक्ष्मण, सुधीर तैलंग, सुशील कालरा, मारियो मेरेन्डा, शंकर, रंगा कुछ ऐसे ही ख्यात नाम हैं। अच्छे कार्टून के कारण पत्र-पत्रिका का वितरण बढ़ने में भी बड़ी सहायता मिलती है।

उज्ज्वल भविष्य : इधर भले ही कंप्यूटर से कार्टून बनाने का प्रचलन बढ़ गया है, परंतु कार्टून चूंकि सम-सामयिक समाचारों, परिस्थितियों पर बनाए जाते हैं, इस कारण इस पर किसी भी तरह से मांग घटने का प्रश्न ही नहीं है। इस कारण रोजगार के उद्देश्य से यह एक उत्तम क्षेत्र है। इसको सीखने से नाम, शोहरत, पैसा सभी कुछ मिलता है।

अभ्यास 2

कार्टून निर्माण की कला

कार्टून बनाना एक विशेष कला है। रोचक और प्रभावी कार्टून बनाने के लिए कार्टूनिस्ट में ज्ञान, कल्पना शक्ति और उसको प्रभावी ढंग से प्रस्तुत करने की प्रतिभा होना अनिवार्य है। इसके साथ ही कड़े परिश्रम और लगन से अभ्यास करने का गुण भी कार्टूनिस्ट में होना चाहिए। कार्टून द्वारा कार्टूनिस्ट अपनी भावनाओं या प्रतिक्रियाओं को चित्रों के माध्यम से व्यक्त करता है। ये चित्र कभी बिल्कुल स्पष्ट और कभी संकेत रूप में अर्थ देते हैं।

कार्टून कैसे बनाएं

कार्टून निर्माण की कला को किसी फिल्म के दृश्य के आधार पर समझा जा सकता है। जिस प्रकार फिल्म का कोई दृश्य या शॉट लेने के पूर्व यह तय किया जाता है कि दृश्य किस विषय पर आधारित है? दृश्य में पात्र कितने हैं? वह क्या पहने हैं? जिस स्थान का दृश्य है, वहां की लोकेशन क्या है? पात्रों के मध्य क्या संवाद हो रहा है तथा पात्रों के हाव-भाव क्या हैं।

पहले विषय को स्पष्ट करें

इसी प्रकार कार्टून निर्माण के पूर्व यह तय कर लिया जाता है कि कार्टून किस विषय को लेकर होगा, दृश्य में पात्र कौन-कौन से होंगे, दृश्य के अनुकूल उनके वस्त्र किस प्रकार के होंगे, जिस स्थान पर पात्र हैं, वहां की लोकेशन एवं साज-सज्जा क्या होगी। इसी प्रकार पात्रों के हाव-भाव व संवादों को भी कार्टून बनाने के पूर्व तय कर लिया जाता है।

रफ चित्र बना कर देखें

यह सब तय करने के पश्चात् कार्टून को आउट लाइन के माध्यम से रफ चित्र बनाएं, तत्पश्चात् मूल कार्टून का निर्माण करें। कार्टून बनाते समय यह ध्यान रखा जाना चाहिए कि कार्टून के पात्र सरल एवं स्पष्ट हों। पात्रों की लोकेशन को अधिक स्पष्ट करने के लिए कम से कम वस्तुओं का प्रयोग किया जाना चाहिए।

संवाद प्रभावी हों

कार्टूनों में संवाद का बहुत महत्त्व है। पात्रों के भावों को स्पष्ट करने वाले चित्रों के साथ-साथ संवाद दे देने से कार्टून की क्षमता कई गुना बढ़ जाती है। संवाद में यह ध्यान रखें कि वह जितना छोटा और दूर तक अर्थ देने वाला होगा, उतना ही अधिक प्रभावशाली होगा। बहुत कम शब्दों में तीखे व्यंग्य करके पाठकों को तिलमिला देने वाले या उनका मनोरंजन कर देने वाले संवाद कार्टून की प्रसिद्धि का आधार हैं।

लिखावट सुंदर हो

कार्टून-निर्माण में चित्रों के साथ बातचीत के अंश या पात्रों के वार्त्तालाप को लिखकर प्रदर्शित किया जाता है। अतः यह आवश्यक है कि कार्टून में लिखे गए वाक्य अत्यंत सुंदर एवं स्पष्ट हों। क्योंकि अच्छी लिखावट के अभाव में अच्छे से अच्छे कार्टून भी स्तरहीन दिखाई देते हैं। इसके लिए आवश्यक है कि कार्टून बनाते समय वार्त्तालाप लिखे जाने वाले स्थान को आप पहले ही सुनिश्चित कर लें, जिससे लिखते समय जगह का अभाव न रहे। इसके अलावा लिखने के पूर्व लिखने वाले स्थान पर पेंसिल से समानांतर रेखाएं खींच लेना चाहिए तथा इन समानांतर रेखाओं के मध्य अक्षरों को लिखा जाना चाहिए, इससे अक्षर बड़े-छोटे न होकर एक समान होंगे।

यहां एक और बात का ध्यान रखा जाना चाहिए कि संवाद में अत्यंत कठिन या गूढ़ शब्दों के चयन के बजाय सरल शब्दों का उपयोग किया जाना चाहिए, जिससे इसे सभी वर्गों के पाठक आसानी से समझ सकें।

अभ्यास 3

कार्टून निर्माण में उपयोगी सामग्री

कार्टून निर्माण में विभिन्न प्रकार के उपकरणों की आवश्यकता पड़ती है। यह आवश्यक सामग्री इस प्रकार है–

क. ड्राइंग शीट या ट्रेस पेपर,

ख. ब्लैक इंक, रोटरिंग पेन या ब्रश,

ग. सीधी रेखाएं बनाने हेतु स्केल,

घ. गोल आकृति बनाने हेतु परकार,

ङ. स्टेंसिल।

इसके अलावा आप यदि मानव के शरीर की विभिन्न आकृतियां बनाने में कठिनाई महसूस करते हैं, तो मेनेक्विन भी खरीद सकते हैं।

मेनेक्विन क्या है?

मेनेक्विन लकड़ी या अन्य धातु से बनी एक मानव आकृति होती है, जिसके प्रत्येक भाग में मानव शरीर के समान ज्वाइंट होते हैं। अतः इस माध्यम से मानव शरीर के बैठने, चलने जैसी अनेक मुद्राएं हैं, उन्हें इसकी सहायता से बनाया जा सकता है। इसका एकमात्र उद्देश्य यही होता है कि मेनेक्विन की आकृति को आगे-पीछे या दाएं-बाएं करके उस आकृति के आगे बढ़ने, झुकने, पीछे चलने इत्यादि की क्रिया को कार्टून में सजीव रूप से दर्शा सकते हैं। यह मेनेक्विन दुकान से खरीदे जा सकते हैं।

पेन एवं स्याही

कार्टून बनाने में प्रायः विभिन्न प्रकार के, जैसे–मोटी, पतली एवं अत्यंत पतली

नोक वाले रोटरिंग पेन प्रयुक्त किए जाते हैं। बाजार में पाइंट वन, पाइंट टू एवं पाइंट थ्री इत्यादि के पेन सरलता से मिल जाते हैं।

कार्टून निर्माण में गहरी काली स्याही का उपयोग किया जाता है, क्योंकि स्याही यदि हलकी है, तो कार्टून लाइट या हलके छपते हैं, इसके अलावा कम गहरी स्याही प्रयुक्त करने पर कार्टून को गहरा या डार्क करने के लिए दोहरा हाथ फेरना पड़ता है, जिसके कारण कार्टून के बिगड़ने की संभावना रहती है। अतः कार्टून बनाने में गहरी काली स्याही का उपयोग किया जाना चाहिए।

उपरोक्त सामग्रियों के अतिरिक्त कार्टून बनाने के लिए उसके समग्र पहलुओं की जानकारी होनी चाहिए। जैसे कार्टून में जीवंतता ले आने के लिए अमुक पात्र को संवाद के अनुकूल भाव-मुद्रा को प्रकट करने की कला आनी चाहिए। इसे जानने के लिए व्यक्तित्व या परिस्थिति-विशेष के प्रत्येक पक्ष को जानना आवश्यक होगा, वैसे इसका आइडिया बहुत कुछ तो निजी अनुभव पर ही निर्भर करता है।

अभ्यास 4

कार्टून के प्रकाशन की तकनीक

पहले लेटर प्रैस का जमाना था, फिर फोटो कंपोजिंग का आया और उसके बाद इसका स्थान लेजर टाइप सैटिंग ने ले लिया। यह पद्धति इतनी व्यावहारिक तथा अद्यतन है कि बाकी सबको इसने पीछे ही नहीं छोड़ा, बल्कि ठप ही कर दिया। लैटर प्रेस अब भी कहीं-कहीं मौजूद है, लेकिन उन्हीं छोटे-बड़े कस्बों में ही है, जहां अभी कंप्यूटर या ऑफसेट प्रिंटिंग नहीं पहुंची है, लेकिन सूचना क्रान्ति के इस दौर में आज यह तयशुदा है कि एक दिन कंप्यूटर को गांव-गांव में पहुंचना होगा।

पत्र-पत्रिकाओं को छापने की जो दो मुख्य तकनीकें हैं, वे इस प्रकार हैं–

1. ट्रेडल मशीन द्वारा छपाई,
2. ऑफसेट मशीन द्वारा छपाई।

ट्रेडल मशीन द्वारा छपाई

इससे ठप्पे की छपाई होती है, यानी ब्लॉक प्रिंटिंग। कार्टूनिस्ट द्वारा जो कार्टून तैयार किया जाता है, उसका ब्लॉकमेकर पहले एक ब्लॉक बनाते हैं, फिर उसे सांचे में कस कर ट्रेडल मशीन पर चढ़ा दिया जाता है। यह उस पृष्ठ के शेष मैटर के साथ यथास्थान व्यवस्थित होता है। तब मशीन चलाकर छपाई की जाती है। यह तरीका बहुत खर्चीला तथा प्रतिदिन का झंझट वाला है। अतः हर रोज नए कार्टून व नए ब्लॉक बनाने के बजाए स्थायी ब्लॉक बना लिया जाता है।

उसमें केवल उस रोज का विषय, जो कैप्शन, कोटेशन या डायलॉग के रूप में होता है, हैंड कंपोजिंग द्वारा भर दिया जाता है।

चित्रः 1 स्थायी ब्लॉक—कार्टून

ऑफसेट प्रिंटिंग

आज ऑफसेट द्वारा छपाई का जमाना है। छपाई के बड़े-बड़े प्लांट लगे हैं, जिनमें कई रंगों में तरह-तरह के डिजाइनों वाली कलात्मक छपाई होती है। अखबार रोटरिंग मशीनों पर लाखों की तादाद में छपते हैं।

इसमें अब कंप्यूटर की ग्राफिक-डिजाइनिंग प्रमुख होती जा रही है। चित्र, रेखाचित्र और कार्टून सीधे कंप्यूटर से तैयार किए जाने लगे हैं। इसके बावजूद हिन्दी, अंग्रेजी तथा तमाम भारतीय भाषाओं के समाचार-पत्रों में क़ार्टून आर्टिस्ट का जबरदस्त बोलबाला है, क्योंकि अभी भी कम्प्यूटर जहां थकता है, कार्टूनिस्ट एकदम नया सृजन करता है।

इसके विपरीत ऑफसेट मशीन पर प्रकाशित समाचार-पत्र या पत्रिकाओं में कार्टून के प्रकाशन हेतु कार्टून को ट्रेस आर्ट पेपर पर बनाया जाता है, इसके पश्चात् इसको छापा जा सकता है, अर्थात् ट्रेडल की अपेक्षा ऑफसेट मशीन पर कार्टून की प्रकाशन प्रक्रिया सस्ती एवं सरल होती है। अतः ट्रेडल मशीन वाले समाचार-पत्र या पत्रिकाओं में अकसर स्थिर कार्टून का प्रकाशन किया जाता है।

अभ्यास 5

कॉलम

प्रत्येक समाचार-पत्र या पत्रिकाओं के पृष्ठ विभिन्न कॉलमों में बंटे होते हैं, इन्हीं कॉलमों के अंदर समाचार, कार्टून या अन्य सामग्री रहती है। विभिन्न समाचार-पत्र पांच कॉलम के, तो कुछ समाचार-पत्र आठ कालम अथवा अधिक या कम के हो सकते हैं। एक आदर्श समाचार पत्र का प्रत्येक पृष्ठ आठ कॉलमों का होता है, जिसमें प्रत्येक कॉलम की माप 4.8 से.मी. होती है। इसी को आवश्यकतानुसार या ले-आउट डिजाइन के आधार पर कम या ज्यादा भी किया जाता है। उपन्यास जैसी पुस्तकें प्रायः कालम विहीन होती हैं।

प्रत्येक समाचार-पत्र पत्रिकाओं में प्रयोग किए जाने वाले कॉलम प्रायः निर्धारित नाप के होते हैं तथा इसी निर्धारित माप के अंदर सामग्री प्रकाशित की जाती है।

प्रस्तुत चित्र 2 एक कॉलम, दो कॉलम एवं तीन कॉलम को प्रदर्शित कर रहे हैं–

कुर्ता पायजामा का प्रचलन बढ़ा

नई दिल्ली, (डब्ल्यू.एन.एस.)। नई दिल्ली फैशन उद्योग से जुड़े लोगों का मानना है कि भारतीय युवा पीढ़ी में कुर्ता-पायजामा तथा सलवार-कुर्ता का प्रचलन बढ़ता जा रहा है।

चित्र: 2 क

अमरनाथ यात्रा : सेना की मदद में जुटे वायु सेना के हेलीकाप्टर

-राजनीतिक संवाददाता-

नई दिल्ली । हर साल जुलाई के मध्य में शुरू होने वाली अमरनाथ यात्रा की सुरक्षा के लिए सेना की मदद वायुसेना के हेलीकाप्टर बर्फ के पिघलने के साथ ही सेना अपनी कार्रवाई तेज कर रही है । आतंकवादी भी उन क्षेत्रों में अपनी स्थिति मजबूत कर रहे हैं जहां वे सेना से लोहा ले सकें ।

भारत-अमेरिकी दृष्टिकोण में काफी समानता

-राजनयिक संवाददाता-

नई दिल्ली श्रीलंका से भारतीय शांति रक्षक सेना के हटने के एक दशक बीतने के ब द भारत और अमेरिका के दृष्टिकोण काफी मिलते हैं । ज्ञात हो कि 1987 में भारत द्वारा श्रीलंका में सैनिक हस्तक्षेप के कारण अमेरिका नाखुश था ।

29 जुलाई 1987 को श्रीलंका के राष्ट्रपति जयवर्द्धने तथा तत्कालीन प्रधानमंत्री राजीव लेकर नजदीकी बढ़ी है । अमेरिका ने भारत की श्रीलंका संबंधी नीति का समर्थन किया है । तमिल आतंकवाद पर दोनों देयों के रुख समान हैं ।

भारत ने 1991 में राजीव गांधी की हत्या के बाद लिट्टे पर प्रतिबंध लगाया था । अमेरिका ने भी लिट्टे तथा इसके संगठनों को अमेरिका में काम करने पर खुले रूप से कठिनाई पैदा की थी ।

कड़वे अनुभवों को ध्यान में रखते हुए श्रीलंका में हस्तक्षेप करने से भी कतरा रहा है । अमेरिका के नीति निमतिताओं के लिए श्रीलंका कम महत्व रखता है । लेकिन यदि श्रीलंका में सेना मात खाती है तो यह सपष्ट है कि भारत कुछ अवश्य करेगा ।

भौगोलिक ऐतिहासिक तथा तार्किक रूप से यही लग रहा है कि भारत को श्रीलंका में हस्तक्षेप करना होगा । लेकिन अमेरिका तथा

चित्र : 2 ख, ग

कॉलम एवं कार्टून

पूर्व में आपको कॉलम के संदर्भ में आवश्यक जानकारी दी गई है, क्योंकि कार्टून भी निर्धारित कॉलम के अंदर ही बनाए जाते हैं। अपनी रचना के अनुसार कार्टून एक कॉलम, दो कॉलम या दो से अधिक कॉलम के भी हो सकते हैं।

कार्टून एक ही कॉलम के होते हुए भी कई उपभागों में विभाजित हो सकते हैं। जैसे, चित्र 3 में एक कार्टून एक ही कॉलम का है, परंतु वह दो एवं तीन उपभागों में कॉलम को विभाजित करके बनाया गया है। कॉलम में कॉलम का विभाजन खड़ी और आड़ी रेखाओं द्वारा एवं दोनों रेखाओं का प्रयोग करके भी कॉलम के उपभाग बनाए जा सकते हैं। इन चित्रों को देखकर आप आसानी से अभ्यास के द्वारा बना सकते हैं। आप तभी सफलता से कार्टून बना सकते हैं, जब निरंतर अभ्यास करते रहें।

चित्र : 3 क

ख

ग

घ

अभ्यास 6

कार्टून के भाग

नीचे एक स्थायी कार्टून दिया जा रहा है। इसमें कार्टून के मुख्य भागों को दर्शाया गया है—

चित्र : 4

क. हैडिंग – हैडिंग अर्थात् कार्टून किस स्थायी नाम से प्रकाशित किए जा रहे हैं, जैसे राष्ट्रीय सहारा में 'आखिरकार', पंजाब केसरी में 'चलते-चलते' तथा दैनिक जागरण में 'तोता बाबू' कार्टून कॉलम प्रतिदिन छपते हैं। इसी अभ्यास के स्थायी कार्टून चित्र का हैडिंग कैसी रही है।

ख. पात्र – इसमें कार्टून के पात्र आते हैं। प्रायः प्रत्येक कार्टूनिस्ट के कार्टून में एक या दो स्थायी पात्र होते हैं और उन्हीं के बीच संवाद दिखाया जाता है।

ग. लोकेशन – इस भाग में कार्टून के पात्र का स्थान एवं वहां की

साज-सज्जा आती है। लोकेशन उस दिन की घटना पर आधारित होता है।

घ. **संवाद** – इसमें पात्र या पात्रों द्वारा कहे जा रहे संवाद आते हैं तथा आवश्यकतानुसार कोटेशन या कैप्शन भी दिए जाते हैं।

ङ. **एक्सप्रेशन** – इसके अंतर्गत पात्रों के हाव-भावों को दर्शाया जाता है।

च. **संकेत चिह्न** – ये वे चिह्न हैं, जो एक्सप्रेशन को अधिक स्पष्ट करने के लिए लगाए जाते हैं।

छ. **गाइड लाइन**– इसमें वह संकेत होता है, जिसको आधारित करके कार्टून का निर्माण किया जाता है।

इस प्रकार मुख पृष्ठ पर प्रकाशित होने वाले कार्टून का संपूर्ण चित्रण होता है। यह प्रतिदिन के स्थायी कार्टून की रेखांकन विधि है।

कार्टून तो स्थायी कार्टून के अतिरिक्त और भी बहुत से प्रकार के होते हैं। एकल कार्टून हों या, एक से अधिक स्ट्रिप वाली सीरीज, इन्हें बनाने वाले कार्टूनिस्ट को स्थायी कार्टून विधि से पर्याप्त सहायता मिलती है, बल्कि कहना यह चाहिए कि सभी का आधार यही है।

सुलेखन (कैलीग्राफी)

यह भी कार्टून का मुख्य भाग है। प्रायः कार्टूनों के संवाद कार्टूनिस्ट अपने लेख में ही देते हैं, कैप्शन या कोटेशन अवश्य टाइपसेट कर लिए जाते हैं। कार्टूनों की लिखाई स्पष्ट और पठनीय होनी चाहिए। इसे निब, कैलाग्राफी-निब, रोटरिंग पेन या ब्रश से लिखा जा सकता है।

स्पीच बैलून्स

पात्रों द्वारा बोले गए संवाद स्पीच बैलून्स में भी दिए जाते हैं। ये बैलून्स संवाद के अनुसार छोटे-बड़े होते हैं। इन्से कार्टूनों का आकर्षण काफी हद तक बढ़ भी जाता है।

अभ्यास 7

आउट लाइन

अच्छे कार्टून बनाने के लिए यह आवश्यक है कि उसे बनाने में अनावश्यक जल्दबाजी न की जाए। सही और स्पष्ट कार्टून बनाने के लिए कार्टूनिस्ट को चाहिए कि वह प्रस्तावित कार्टून की एक आउट लाइन बना ले तथा इसी आउट लाइन के आधार पर कार्टून का निर्माण करे।

आउट लाइन वह आकृति होती है, जिसके आधार पर पात्र और उसके हाव-भाव एवं अन्य उपयोगी वस्तुओं को बनाने में मदद मिलती है।

आउट लाइन बनाने के लिए सर्वप्रथम कार्टून के विषय का निर्धारण करें। इसके उपरांत कार्टून के मेकअप आदि पर विचार करें, साथ ही बनाए जाने वाले कार्टून की लोकेशन एवं उसमें प्रदर्शित की जाने वाली वस्तुओं को तय कर लें।

इसके पश्चात् निर्धारित कॉलम या स्थान की नाप लेकर उसमें बनाए जाने वाले कार्टून के पात्र व उपयोग की जाने वाली वस्तुओं की एक आउट लाइन बनाएं। सही आउट लाइन बन जाने के पश्चात् इस आउट लाइन के आधार पर फाइनल कार्टून को आकार दें।

आगे के चित्र 5 में कार्टून के पात्रों को बनाए जाने के पूर्व आउट लाइन का निर्माण कैसे करें, यह दर्शाया गया है। इसके अलावा इस चित्र के कार्टून-क में दी गई आउट लाइन के आधार पर कार्टून-ड में पात्रों का निर्माण किया गया है।

चित्र: 5

अभ्यास 8

संकेत चिह्न

प्रत्येक कार्टून में कार्टून का पात्र क्या हाव-भाव, क्रिया या प्रतिक्रिया व्यक्त कर रहा है, यह प्रकट करने के लिए विभिन्न प्रकार के चिह्नों का उपयोग किया जाता है। यह संकेत-चिह्न कहलाते हैं। संकेत चिह्नों के अभाव में कार्टून के पात्र या कार्टून में दिखाई गई वस्तुएं गतिहीन दिखाई देती हैं। अर्थात् कहा जा सकता है कि संकेत चिह्नों के अभाव में कार्टून नीरस एवं गतिहीन दिखाई देते हैं।

कार्टून के पात्रों के अलावा हमारे दैनिक जीवन से जुड़ी विभिन्न प्रकार की वस्तुओं और क्रियाओं को प्रकट करने के लिए संकेत चिह्नों का उपयोग किया जाता है। जैसे—किसी कार्टून में पात्र को कुछ बोलता हुआ दिखाया जाना है, तो उसके संवाद के साथ बोलने को व्यक्त करने वाले संकेत चिह्नों का उपयोग करना होता है।

इसी प्रकार कार्टून के किसी दृश्य में पंखे को चलते हुए दर्शाया जाना है, तो ऐसी स्थिति में ऐसे संकेत-चिह्नों का उपयोग किया जाना आवश्यक होता है, जो पंखे के घूमने को प्रकट कर सके।

दैनिक जीवन में हम विभिन्न प्रकार के कार्य करते हैं तथा इसी प्रकार विभिन्न वस्तुएं भी विभिन्न प्रकार की क्रियाएं करती हैं, इन कार्यों व क्रियाओं को कार्टून में संकेत-चिह्नों द्वारा प्रकट किया जा सकता है।

अतः चित्र 6 में कुछ महत्त्वपूर्ण क्रियाओं से संबंधित संकेत-चिह्न प्रदर्शित किए गए हैं तथा चित्र 7 में इन संकेत चिह्नों का यथास्थान उपयोग दिखाया गया है। आप भी कार्टून कला में संकेत चिह्नों का उपयोग कर कार्टून को रोचक बना सकते हैं।

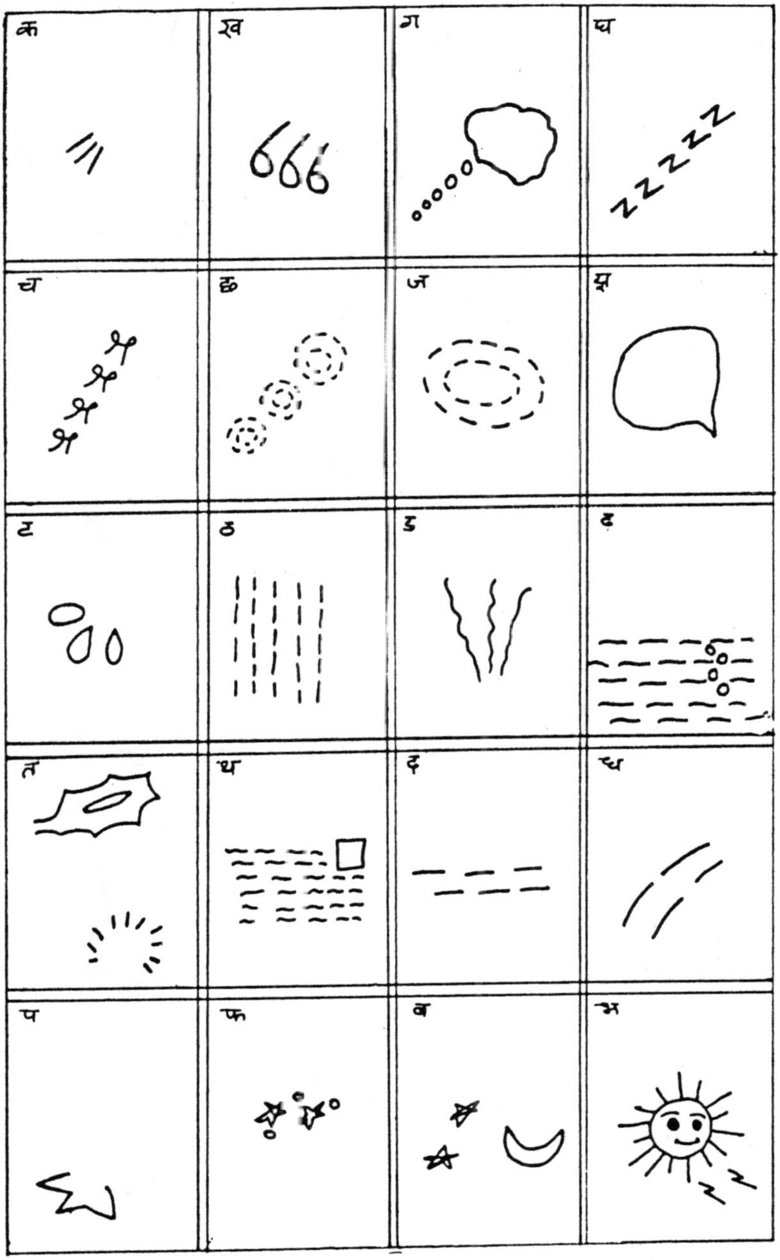

क	ख	ग	घ
च	छ	ज	झ
ट	ठ	ड	ढ
त	थ	द	ध
प	फ	ब	भ

चित्र: 6

चित्र: 7

संकेत चिह्नों की उपयोगिता

जैसा कि पूर्व में बताया जा गया है कि प्रत्येक कार्टून में हाव-भाव प्रगट करने के लिए संकेत चिह्नों का उपयोग अत्यंत आवश्यक होता है। संकेत चिह्नों की उपयोगिता को प्रस्तुत चित्र के माध्यम से समझाने का प्रयास किया गया है।

चित्र 8 (क) में तीन आकृतियां बनाई गई हैं, इन आकृतियों में संकेत चिह्नों का उपयोग नहीं किया गया है। अतः यह स्पष्ट नहीं हो पा रहा है कि पात्र क्या क्रिया या प्रतिक्रिया व्यक्त कर रहे हैं।

चित्र 8 (ख) में इन्हीं चित्रों में संकेत-चिह्नों का उपयोग किया गया है। जिससे पात्रों द्वारा की जा रही क्रिया स्पष्ट हो रही है। इन चित्रों द्वारा संकेत चिह्न की उपयोगिता स्वयं ही प्रगट हो रही है।

चित्र: 8 क

चित्र: 8 ख

अभ्यास 9

लोकेशन या स्थान

लोकेशन कार्टून का महत्त्वपूर्ण अंग है, जिस प्रकार फिल्म निर्माण में विभिन्न दृश्य आवश्यकतानुसार विभिन्न स्थानों पर फिल्माए जाते हैं, इसी प्रकार कार्टून में भी लोकेशन का आवश्यकतानुसार ध्यान रखा जाता है, क्योंकि इससे कार्टून में रोचकता आ जाती है।

अब प्रश्न यह उठता है कि यह लोकेशन क्या है? लोकेशन कार्टून का वह भाग है, जो यह प्रगट करता है कि वह दृश्य किस स्थान का है।

लोकेशन दो प्रकार की होती हैं—1. आंतरिक लोकेशन (Indoor Location), 2. बाह्य लोकेशन (Out Door Location)।

लोकेशन कैसी हो

व्यंग्य चित्रों में आउट डोर या इनडोर लोकेशन को प्रगट करने के लिए यह ध्यान रखना आवश्यक है कि लोकेशन को स्पष्ट करने वाली कम से कम वस्तुओं का प्रयोग किया जाए। उदाहरण के लिए यदि दृश्य में यह दिखाना है कि पात्र कमरे के अंदर हैं, तो यह आवश्यक नहीं कि घर में आमतौर पर रहने वाली सभी वस्तुओं जैसे पलंग, कुर्सी, सोफा सेट, पंखे, शोपीस आदि को चित्रित किया जाए, इनके स्थान पर मात्र एक दो वस्तुओं का प्रयोग करके भी यह स्पष्ट किया जा सकता है कि अमुक दृश्य किस स्थान का है।

लोकेशन दर्शाने हेतु आवश्यक सामग्री

व्यंग्य चित्रों में पात्रों की लोकेशन बताने के लिए विभिन्न प्रकार की वस्तुओं का उपयोग किया जाता है। इनमें से कुछ वस्तुएं इस प्रकार हैं :

आंतरिक लोकेशन को स्पष्ट करने वाली आवश्यक वस्तुएं : आंतरिक लोकेशन को स्पष्ट करने के लिए विभिन्न वस्तुओं की आवश्यकता पड़ती है। जैसे दरवाजे, खिड़की, पर्दे, पलंग, फ्रिज, घड़ी, टेबल, कुर्सी, सोफा सेट, टेलीविज़न, पंखे, कूलर, गमले, फोन, रेडियो, कंप्यूटर, अलमारी, कालीन, शोपीस, कार्नर, तस्वीर कचरादान, कैलेंडर, बर्तन, झूमर, रैक इत्यादि।

बाह्य लोकेशन को स्पष्ट करने के लिए आवश्यक सामग्री

बाह्य लोकेशन को स्पष्ट करने के लिए सड़क, सड़क पर आते-जाते वाहन या नागरिक, सड़कों पर लगे होर्डिंग्स, फुटपाथ, वृक्ष, यातायात सिग्नल, मकान, कार्यालय, मकान या कार्यालयों की चहारदीवारी, आवारा पशु, दुकानें, स्टेचू, बगीचा, आईलैंड का उपयोग किया जा सकता है।

चित्र 9 (क) में इनडोर तथा चित्र 9 (ख) में आउटडोर लोकेशन को स्पष्ट करने वाली विभिन्न आवश्यक वस्तुओं के चित्र दिए गए हैं। आप इन्हें बनाने का अभ्यास करें व कार्टून में इनका आवश्यकतानुसार उपयोग करें। इनडोर और आउटडोर लोकेशन के संबंध में विस्तृत जानकारी और आगे दी जा रही है।

चित्र: 9   (क) आंतरिक (इनडोर) लोकेशन

चित्र: 9 (ख) बाह्य (आउटडोर) लोकेशन

आंतरिक लोकेशन (इनडोर लोकेशन)

आंतरिक लोकेशन से तात्पर्य यह है कि पात्र किस स्थान पर उपस्थित है। जैसे, किसी कार्टून विशेष में यदि पात्र घर, ऑफिस या किसी वाहन आदि के अंदर उपस्थित है, अर्थात् हमें यह प्रकट करना है कि दृश्य किसी घर, ऑफिस या अन्य किसी स्थान के अंदर का है, तो यह लोकेशन आंतरिक लोकेशन होगी।

आवश्यकता के अनुसार आंतरिक लोकेशन किसी भी स्थान की हो सकती है। अतः उस स्थान विशेष को प्रकट करने के लिए उस स्थान पर पाई जाने वाली वस्तुओं का उपयोग कर लोकेशन को प्रदर्शित किया जा सकता है।

उदाहरण के लिए जैसे हमें घर के अंदर के दृश्य को प्रदर्शित करना है, तो पात्र के अलावा कमरे की दीवार, दरवाजा, खिड़की, दीवार पर लगे फोटो, कैलेंडर, सोफा, कुर्सी, टेबल, पलंग, टी.वी. या अन्य प्रकार की वस्तुओं का प्रयोग कर लोकेशन को प्रकट किया जा सकता है।

चित्र 10 में आंतरिक लोकेशन संबंधी कुछ चित्र दिए गए हैं। इसी प्रकार से इनका अभ्यास करके कार्टून बनाएं।

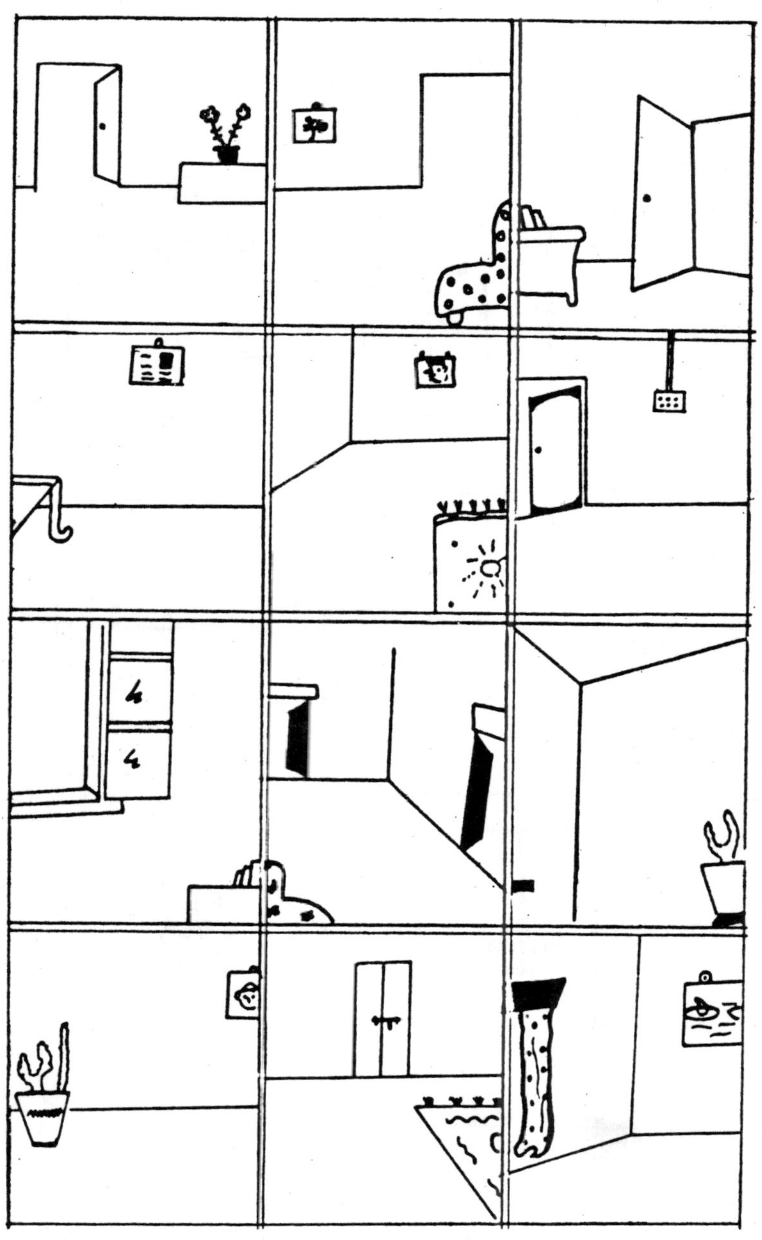

चित्र: 10 (जारी...)

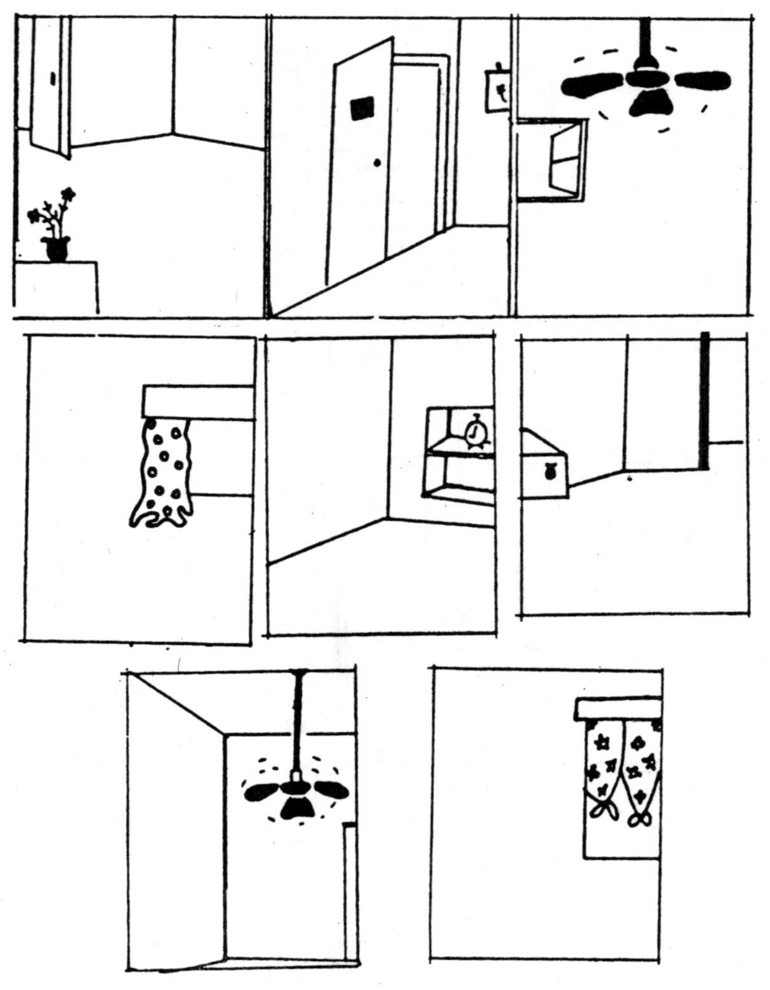

चित्र: 10

बाह्य लोकेशन

बाह्य लोकेशन से आशय यह है कि कार्टून विशेष में किसी भी स्थान का बाहरी चित्रण किया गया है, जैसे यदि पात्र सड़क पर उपस्थित है, तो यह बाह्य लोकेशन होगी। इसी प्रकार यदि पात्र घर के बाहर खड़ा है, तो यह भी बाह्य लोकेशन का ही रूप होगा।

किसी भी स्थान विशेष की बाह्य लोकेशन को स्पष्ट करने के लिए उस स्थान पर पाई जाने वाली वस्तुओं को प्रकट करके बाह्य लोकेशन को प्रकट किया जा सकता है। उदाहरण के तौर पर पात्र को यदि संसद भवन के बाहर दिखाया जाना है, तो चित्र में संसद भवन के बाहरी आकार के सांकेतिक चित्र का भी पात्र के साथ समावेश करना होगा।

कार्टून में विषय वस्तु के आधार पर बाह्य लोकेशन अलग-अलग प्रकार की हो सकती है। अतः उस स्थान विशेष को प्रदर्शित करने के लिए उस स्थान पर पाई जाने वाली वस्तुओं का सांकेतिक रूप से चित्रण करना आवश्यक होता है।

अतः आप भी किसी स्थान विशेष के आधार पर कार्टून का निर्माण करते समय उस स्थान पर पाई जाने वाली वस्तुओं पर विचार करें तथा उन वस्तुओं का आवश्यकतानुसार उपयोग करके कार्टून को स्वाभाविक बनाएं।

कार्टून निर्माण में लोकेशन से संबंधित अन्य वस्तुएं

कार्टून को अधिक व्यावाहारिक एवं प्रभावशाली बनाने के लिए लोकेशन से संबंधित कुछ और तथ्यों की जानकारी आवश्यक है। इनका ब्योरा संक्षेप में आगे दिया जा रहा है—

कार्यालय : कक्ष, खिड़की, दरवाजे, कुर्सी, टेबल व टेबल की अन्य (सज्जा सामग्री जैसे ग्लास, फोन, फाइलें, नेम-प्लेट, कलमदान, ग्लोब, गुलदस्ता आदि) अलमारी, रैक, फोटो, कैलेंडर, घड़ी, नकशा, पंखे व संबंधित ऑफिस में रहने वाली अन्य वस्तुएं इत्यादि।

दुकान : दुकान, काउंटर, काउंटर पर रखी सामग्री व दुकान में बेची जाने वाली सामग्री, तराजू, टेलीफोन, घड़ी, बोर्ड।

घर : कक्ष, खिडकी, दरवाजे, कालीन, टेबल, कुर्सी पलंग, सोफा, कैलेंडर, फोटो, गमले, टेलीविजन, फोन, रेडियो, संदूक, पंखे व बल्ब इत्यादि।

सड़क : सड़क, फुटपाथ, वृक्ष, मकान, मकानों पर लगी टेलीविजन की डिस्क या एंटिना, मकानों व सड़कों पर लगे होर्डिंग्स, ट्रैफिक के सिग्नल, सड़कों पर चलते वाहन व पैदल यात्री, पार्किंग, आवारा पशु इत्यादि।

ग्रामीण क्षेत्र : झोंपड़ियां व झोंपड़ियों पर चिपके कंडे, कच्ची सड़कें, पगडंडी, वृक्ष, बैलगाड़ी, गाय, भैंस, ग्रामीण क्षेत्र के बच्चे व ग्रामीण-जन इत्यादि।

बस स्टैंड : भवन, बस, पूछताछ कार्यालय, जानकारी का बोर्ड, बेंच, यात्री, नल, कचरादान, थूकदान इत्यादि।

रेलवे स्टेशन : प्लेटफार्म, रेलें, पटरी, पूछताछ कार्यालय, यात्री, कुली, दुकानें, हॉकर, कचरादान व थूकदान, बेंच, घड़ी, पंखे, ट्यूब लाइटें, स्पीकर, भिक्षुक इत्यादि।

हवाई अड्डा : प्लेटफार्म, हवाई जहाज, पूछताछ, कार्यालय, यात्री, सामान, कचरादान व थूकदान, स्पीकर, घड़ी, नक्शे, कस्टम अधिकारी, सामान वाहन इत्यादि।

होटल : स्वागत कक्ष (रिशेप्सन काउंटर), काउंटर सज्जा सामग्री, किराया व जानकारी बोर्ड, की स्टैंड, लॉकर, टेलीफोन, घड़ी, सोफा, कारपेट, इत्यादि।

पार्क : बाउन्ड्री, शोदार वृक्ष, बेंच, झूले, स्टेच्यू नागरिक एवं अन्य सज्जा सामग्री।

आपको लोकेशन की बनावट को समझाने के लिए कुछ महत्त्वपूर्ण स्थानों से संबंधित जानकारी प्रस्तुत की गई है। आप प्रस्तुत वस्तुओं में से आवश्यक वस्तुओं का उपयोग कर कार्टून में लोकेशन को स्पष्ट कर सकते हैं। यहां यह ध्यान रखना आवश्यक है कि लोकेशन को स्पष्ट करने के लिए कम से कम वस्तुओं अर्थात् उन्हीं वस्तुओं का उपयोग किया जाए, जो लोकेशन को स्पष्ट करने के लिए पर्याप्त हों।

इसके अलावा आप अन्य किसी भी लोकेशन पर कार्टून बनाते समय पहले यह चिंतन करें कि उस संबंधित लोकेशन में सामान्यतौर पर क्या-क्या सामग्री रहती है। इसके पश्चात् आप उन सामग्रियों का चित्र बनाने का अभ्यास करें तथा उनका उपयोग करके अपने कार्टून को प्रभावी बनाएं।

अभ्यास 10

आवागमन के साधन

व्यंग्य चित्रों के आउट डोर लोकेशन बनाने के लिए विभिन्न प्रकार की वस्तुओं की आवश्यकता होती है, आवागमन के साधन इनमें से एक हैं।

आवागमन के साधनों में साइकिल, दुपहिया वाहन, चारपहिया, रेल और विमान आदि होते हैं, इनका भी कार्टून में उपयोग होता है। अतः चित्र 11 में आवागमन के कुछ साधनों जैसे, क. बस, ख. साइकिल, ग. कार, घ. हैलीकाप्टर, च. रेल तथा छ. स्कूटर आदि के चित्र प्रकाशित किए गए हैं। इनका अभ्यास करके कार्टून को आप और अधिक प्रभावी बना सकते हैं।

चित्रः 11

अभ्यास 11

माप

कार्टून के दृश्यों में सजीवता लाने के लिए माप का उपयोग किया जाता है। यह माप दूरी, निकटता, ऊंचाई या गहराई के रूप में हो सकते हैं।

कार्टून में दूरी, निकटता, ऊंचाई या गहराई को मात्र प्रयुक्त चित्रों की बनावट व स्थिति के आधार पर ही व्यक्त किया जा सकता है। जैसे—कार्टून के किसी दृश्य में पात्र दूर जाती किसी कार को देख रहा है और हमें यह दर्शाना है कि पात्र दूर स्थित किसी कार को देख रहा है। अर्थात् हमें पात्र से कार की दूरी को दर्शाना है, तो हमें पात्र को बड़ा तथा कुछ दूरी पर कार को अपेक्षाकृत छोटा बनाना होगा। जिससे यह स्पष्ट होगा कि कार पात्र से काफी दूरी पर है। अतः पात्र को कार छोटी दिखाई दे रही है। माप के इसी क्रम में यदि निकटता को प्रकट करना है, तो इसे पात्रों को परस्पर पास-पास उपस्थित रखकर दर्शाया जा सकता है।

इसी प्रकार यदि पात्र नीचे है एवं वह ऊपर उपस्थित किसी पात्र को देख रहा है, तो यहां ऊंचाई को प्रकट करने के लिए नीचे के पात्र को बड़ा व ऊपर के पात्र को छोटा बनाना होगा। परंतु यदि पात्र ऊपर से नीचे की ओर स्थित किसी पात्र को देख रहा है, तो यह गहराई का माप होगा। इस स्थिति में ऊपर का पात्र बड़ा व नीचे का पात्र छोटा दिखाया जाएगा।

चित्र **12** में क. गहराई, ख. ऊंचाई, ग. निकटता तथा घ. दूरी को प्रकट करने वाले कुछ चित्र दिए गए हैं। इनका उचित प्रकार से उपयोग करके आप कार्टून को प्रभावी बना सकते हैं।

चित्र: 12 क, ख

चित्र: 12 ग, घ

अभ्यास 12

दैनिक जीवन में उपयोगी सामग्री

हम अपने दैनिक जीवन में विभिन्न प्रकार की वस्तुओं को देखते हैं। व्यंग्य चित्रों के निर्माण में इन वस्तुओं की आवश्यकता व लोकेशन के अनुरूप उपयोग होता है। अतः आप अपने दैनिक जीवन से जुड़ी विभिन्न वस्तुओं की बनावट को गौर से देखें एवं इन्हें बनाने का अभ्यास करें।

आगे दिए गए चित्र **13** में हमारे दैनिक जीवन में उपयोग में आने वाली कुछ वस्तुओं के कार्टून के अनुरूप चित्र प्रस्तुत किए जा रहे हैं, जिनका क्रमानुसार विवरण इस प्रकार है :

क्रमांक	नाम	क्रमांक	नाम
क.	फोन	ध.	पेटी
ख.	लैंप व हीटर	न.	टेबल
ग.	टेपरिकार्डर	प.	कूलर
घ.	शो-पीस	फ.	रोलिंग स्टूल
च.	पंखा	ब.	सूटकेस
छ.	दीवान	भ.	डिस्क व एंटिना
ज.	अलमारी	म.	चकला व बेलन
झ.	बुक शेल्फ़	य.	नल
ट.	सोफा	र.	मतपेटी
ठ.	मच्छरदानी व पलंग	ल.	काउंटर
ड.	बिजली के बोर्ड	व.	बोरियां
ढ.	शोदार टेबल	श.	घड़ी
त.	वाशिंग मशीन	ष.	टंगी हुई तस्वीर
थ.	फ्रिज़	स.	बैनर
द.	फोटो फ्रेम	ह.	शो-पीस

चित्र: 13 (जारी...)

चित्र: 13

अभ्यास 13

मंच (स्टेज)

व्यंग्य-चित्रों में किसी आयोजन को प्रगट करने के लिए मंच या स्टेज को दिखाना आवश्यक होता है। सामाजिक, व्यावसायिक सांस्कृतिक एवं विशेषकर राजनीति पर आधारित कार्टून के निर्माण में इनकी विशेष आवश्यकता होती है। अतः प्रस्तुत चित्र 14 में मंच या स्टेज के कुछ चित्र दिए गए हैं। आप विभिन्न समाचार-पत्रों या पुस्तकों में इस प्रकार के चित्रों को ध्यान से देखें और इनको बनाने का अभ्यास करें।

चित्र: 14

अभ्यास 14

पशु-पक्षी

कार्टून बनाने में कई बार कार्टून को हास्यप्रद बनाने के लिए पशु और पक्षियों को भी विषय के आधार पर आवश्यकतानुसार चित्रित किया जाता है। जैसे, साफ-सफाई या गंदगी पर आधारित कार्टून में गाय, बैल या सुअर आदि आवारा पशुओं को चित्रित किया जा सकता है।

आमतौर पर कई कार्टूनिस्ट अपने कार्टून में किसी पशु या पक्षी विशेष को अपने कार्टून की पहचान चिह्न के रूप में प्रयोग करते हैं तथा कुछ कार्टूनिस्ट स्वयं को या पशु-पक्षी को अपने प्रत्येक कार्टून में प्रतिक्रियात्मक रूप में चित्रित करते हैं।

आप भी किसी पात्र या पशु-पक्षी को अपने प्रत्येक कार्टून में पहचान चिह्न के रूप में उपयोग कर अपनी पृथक पहचान बना सकते हैं

कार्टून में किसी कार्टून विशेष को छोड़कर सामान्यतः गाय, बैल, बकरी, बंदर, मेढक, सुअर, कुत्ता, गधा इत्यादि जैसे पशु व उल्लू, चिड़िया, कबूतर, तोता, चील, गिद्ध या कौवा जैसे पक्षियों का उपयोग होता है, क्योंकि ये पशु और पक्षी हमारे दैनिक जीवन में निकटता से जुड़े रहते हैं।

आप भी अपने कार्टून में आवश्यकतानुसार इन पशु-पक्षियों का उपयोग कर कार्टून को रोचक बना सकते हैं। पाठकों की सुविधा की दृष्टि से चित्र **15** में आमतौर पर कार्टून में उपयोग आने वाले कुछ पशु और पक्षियों के चित्र दिए जा रहे हैं। आप इनको और ऐसे ही अन्य चित्रों को बनाने का अभ्यास करें तथा इनका आवश्यकतानुसार प्रयोग कर कार्टून को प्रभावकारी बनाएं। जैसे –

क. गधा	ख. कुत्ता	ग. सुअर	घ. गाय
च. चूहा	छ. बिल्ली	ज. बंदर	झ. मेढक
ट. चिड़िया	ठ. मुर्गा	ड. गिलहरी	ढ. तितली।

चित्र: 15

अभ्यास 15

कार्यालयीन सामग्री

सामाजिक, राजनीतिक या अन्य विषयों पर आधारित व्यंग्य-चित्रों में शासकीय या अशासकीय कार्यालयों के दृश्यों का बहुधा उपयोग किया जाता है। इस प्रकार के दृश्यों में अन्य वस्तुओं के अलावा पात्र की लोकेशन के अनुसार टेबल व कुर्सी का मुख्य रूप से उपयोग किया जाता है। बनावट के आधार पर टेबल और कुर्सियां विभिन्न आकार लिए हुए होती हैं, जैसे कार्यालयों में उपयोग की जाने वाली टेबल लंबी, छोटी, गोल या विभिन्न शोदार आकार में हो सकती है। इसी प्रकार कुर्सियां साधारण या शोदार एवं हत्थेदार या बिना हत्थे की हो सकती हैं। व्यंग्य चित्रों में सामान्यतः कार्टून विशेष को छोड़कर बनावट के आधार पर सामान्य टेबल व कुर्सी का उपयोग किया जाता है। इसके अलावा टेबल को पूरे आकार में बनाने के स्थान पर इसको सांकेतिक रूप में ही अधिक व्यक्त किया जाता है।

चित्र 16 में टेबल और कुर्सियों को अलग-अलग आकार में और विभिन्न कोणों से प्रकट करने का प्रयास किया गया है।

आप भी विभिन्न प्रकार की टेबल-कुर्सियों की बनावट देखकर इन्हें कार्टून में प्रदर्शित कर सकते हैं।

चित्र: 16

कार्यालयीन साज-सज्जा

व्यंग्य-चित्रों के निर्माण में यदि हमें किसी शासकीय-अशासकीय विभाग या ऑफिस के अंदर का दृश्य दिखाना है, तो इसके लिए हमें कुछ वस्तुओं के चित्रों की आवश्यकता पड़ती है। इन वस्तुओं द्वारा की गई साज-सज्जा को कार्यालयीन साज-सज्जा कहते हैं।

चित्र संख्या 17 में कार्यालयीन साज-सज्जा के उपयोग में आने वाली कुछ महत्त्वपूर्ण सामग्रियों जैसे—क. पंखा, ख. बल्ब, ट्यूब लाइट, ग. कैलेंडर, घ. कलमदान, टेबल लैंप, फोन, च. कंप्यूटर, छ. आलपीन केस, शोपीस, गुलदस्ता, नेम प्लेट, ज. कचरादान झ. गमले, फाइल आदि के चित्र दिए गए हैं। आप इस प्रकार की अन्य वस्तुओं को भी ध्यान से देखें और उन्हें भी बनाने का अभ्यास करें।

चित्र: 17

अभ्यास 16

आयु वर्ग के आधार पर पात्रों की रचना

कार्टून बनाने में विभिन्न आयु वर्ग के पात्रों का उपयोग किया जाता है। आयु वर्ग के आधार पर पात्र युवा स्त्री-पुरुष या वृद्ध स्त्री-पुरुष व बच्चे हो सकते हैं।

आयु को दर्शाने के लिए इन पात्रों का मेकअप भी आयु के आधार पर करना आवश्यक होता है। इसके आधार पर इन वर्गों के मेकअप (शृंगार) को निम्न भागों में बांटा जा सकता है :

वृद्ध वर्ग : कार्टून में पात्र के वृद्ध वर्ग का होने पर निम्न प्रकार का मेकअप करना उचित रहता है–

- अधगंजापन लिए हुए सिर, सफेद बाल या टोपी।
- आंखों पर नजर का चश्मा।
- पोपला मुंह, मूंछ या मूंछ रहित।
- धोती-कुर्ता या कुर्ता-पायज़ामा।
- छड़ी या झुकी कमर।

चित्र: 18

युवा वर्ग : यदि कार्टून में पात्र युवा पुरुष हैं, तो इन्हें निम्न प्रकार से प्रदर्शित किया जा सकता है–

- सामान्य या आधुनिक हेयर स्टाइल
- गोल या अंडाकार आंख।
- विभिन्न आकृतियों वाली नाक।
- आवश्यकतानुसार मूंछ या मूंछ रहित चेहरा, क्लीन शेव या दाढ़ी।
- पैंट, शर्ट, कुर्ता-पायजामा या अन्य कोई वस्त्र।

चित्र: 19

इसी प्रकार युवा महिला वर्ग को प्रकट करने के लिए निम्नांकित प्रयास किए जा सकते हैं–

- जूड़ा, चोटी या आधुनिक स्टाइल में कटे बाल।
- कानों में बाली, झुमका या कुंडल।
- काजल या बिना काजल वाली आंखें।
- विभिन्न आकृतियों वाली नाक, नाक की नथ।
- बिंदी या लिपिस्टिक।
- आवश्यकतानुसार साड़ी-ब्लाउज, स्कर्ट, मिडी, गाउन या अन्य कोई वस्त्र, पर्स आदि।

यहां यह ध्यान रखना आवश्यक होता है कि महिला पात्र की स्थिति क्या है, जैसे यदि महिला पात्र आधुनिका है, तो साड़ी-ब्लाउज, आधुनिक स्टाइल में कटे बाल या जूड़ा, फैशनेबल पोशाक, काजल, लिपिस्टिक, पर्स व चश्मे आदि का उपयोग किया जा सकता है।

चित्र: 20

बालक वर्ग : कार्टून में पात्र यदि बच्चे हों, तो इन्हें प्रदर्शित करने के लिए निम्न बातों पर ध्यान देना होता है–

- यदि पात्र बालक हो, तो विभिन्न स्टाइल में बनाए गए सुंदर बाल।
- पात्र यदि बालिका है, तो चोटी, रिबन या हेयर क्लिप का उपयोग।
- बड़ी व गोल आंखें।
- गोलाकार नाक।
- शर्ट, हाफ या फुल पैंट, टी-शर्ट, फ्राक, झबला, स्कर्ट आदि।
- चप्पल या जूते।

चित्र 21 के कार्टूनों में बालिका तथा बालक को प्रदर्शित किया गया है।

चित्र: 21

अभ्यास 17

पोज

कार्टून में सामान्यतः पात्रों के विभिन्न प्रकार के पोज बनाए जाते हैं। मुख्य रूप से इन्हें हम निम्न लिखित भागों में बांट सकते हैं :

- फ्रंट पोज (सामने की ओर)।
- बैक पोज (पीछे की ओर)।
- लेफ्ट पोज (दाईं ओर)।
- राइट पोज (बाईं ओर)।

कार्टून बनाने में पात्रों की स्थिति व विषय वस्तु के आधार पर इन प्रकारों में से किसी भी पोज का आवश्यकतानुसार उपयोग किया जा सकता है। जैसे यदि किसी कार्टून विशेष में पात्र का मुख व संपूर्ण शरीर सामने की ओर है, तो यह फ्रंट पोज होगा। इसी प्रकार यदि पात्र का मुख पीछे अर्थात् पीठ सामने की ओर हो, तो वह बैक पोज होगा। इसी क्रम में पात्र का संपूर्ण शरीर बाईं ओर होने पर लेफ्ट पोज एवं दाईं होने पर राइट पोज होगा। परंतु कई बार पात्र का मुख थोड़ा बाईं ओर सामने या थोड़ा दाईं ओर सामने भी हो सकता है।

आप भी कार्टून की विषय-वस्तु के आधर पर पात्र के विभिन्न पोज का उपयोग कार्टून बनाने में कर सकते हैं।

चित्र 22 में उपरोक्त विभिन्न प्रकार के पोजों को समझाने का प्रयास किया गया है–

क. फ्रंट पोज (सामने की ओर)।

ख. राइट पोज (दाईं ओर)।

चित्र: 22

ग. लेफ्ट पोज (बाईं ओर)।

घ. सामने कुछ सीमा तक राइट पोज।

च. सामने कुछ सीमा तक लेफ्ट पोज।

छ. ऊपर की ओर पोज।

ज. नीचे की ओर पोज।

झ. सामने ऊपर की ओर दायां पोज।

ट. पीछे की ओर पोज।

आप इन चित्रों की सहायता से पोज की विभिन्न स्थितियों का अध्ययन कर आवश्यकतानुसार कार्टून बनाने का प्रयास करें।

अभ्यास 18

पात्रों के विभिन्न अंगों की आकृतियां

प्रत्येक व्यक्ति की शारीरिक रचना भिन्न प्रकार की विभिन्नता लिए हुए होती है। यह विभिन्नता मुख्यतः चेहरे पर दिखाई पड़ती है। कार्टून में दर्शाए जाने वाले पात्रों में भी विभिन्नता दिखाने के लिए पात्रों की शारीरिक आकृतियों खासकर नाक, आंख, हेयर स्टाइल आदि में परिवर्तन करके आवश्यकतानुसार कार्टून का निर्माण किया जाता है।

मानव के चेहरे के अंगों में परिवर्तन करके भाव-मुद्राओं को आसानी से बदला जा सकता है। इस प्रकार सामान्य चित्रों को व्यंग्य चित्रों का रूप दिया जा सकता है या अन्य मनचाही आकृति दी जा सकती है। यहां हम चेहरे के कुछ प्रमुख अंगों में परिवर्तन करके व्यक्ति की भावमुद्रा को बदलने की प्रक्रिया क्रमवार बता रहे हैं। सबसे पहले हम नाक की आकृति में परिवर्तन करके मुखमुद्रा बदलने की विधि बताते हैं–

नाक

हमारे दैनिक जीवन में हम विभिन्न प्रकार के व्यक्तियों को देखते हैं और पाते हैं कि प्रत्येक व्यक्ति की नाक अलग-अलग आकार लिए होती है। कार्टून में पात्र की मुख-मुद्रा में नाक का अपना एक विशिष्ट स्थान होता है। कार्टून कला में नाक का उपयोग पात्र को रोचक व हास्यप्रद बनाने के लिए किया जाता है।

आकृति के आधार पर नाक के महत्त्वपूर्ण निम्न प्रकार होते हैं :

- बड़ी नाक
- गोलाकार नाक
- लंबी नाक

- चपटी नाक
- नुकीली नाक
- चोंचाकार नाक
- मुड़ी हुई नाक
- पात्र विशेष की नाक।

इसके अलावा भी नाक को आप विभिन्न आकार प्रदान कर सकते हैं। जैसे किसी लोकप्रिय या प्रसिद्ध व्यक्ति का कार्टून बनाने के लिए आपको उस व्यक्ति विशेष की नाक के आकार का विचार करना होगा। इसके उपरांत आप नाक को अपने अनुसार आकार देकर कार्टून को हास्यप्रद बना सकते हैं। परंतु यहां यह ध्यान रखना आवश्यक है कि उस व्यक्ति विशेष की नाक को आप इस प्रकार आकार दें कि व्यक्ति विशेष को मात्र चित्र या कार्टून के आधार पर आसानी से पहचाना जा सके।

चित्र 23 में नाक की कुछ आकृतियों को प्रकट करने का प्रयास किया गया है। पात्र की प्रकृति के आधार पर इनका उपयोग कर आप कार्टून को रोचक बना सकते हैं।

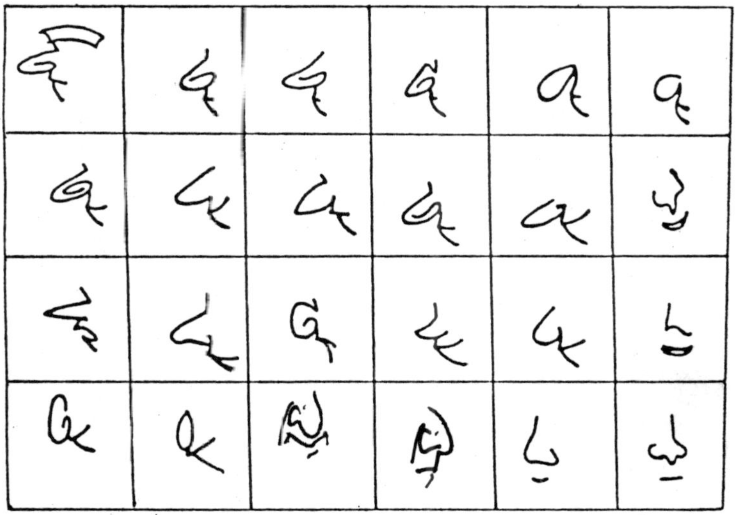

चित्र: 23

आंख

आंखों के द्वारा पात्र के भावों या अभिव्यक्ति (एक्सप्रेशन) को व्यक्त करने में भौंहों का भी अपना एक महत्त्व होता है। अतः पात्र की आंखों के साथ भौंहों को बनाने का भी अभ्यास करना चाहिए। जैसे क्रोध की मुद्रा को व्यक्त करने के लिए भौंहों को तनी हुई मुद्रा में दर्शाया जा सकता है। इसी प्रकार पात्र के रोने, सोने या हंसने के भावों को भी आंख और भौंहों की मदद से प्रकट किया जा सकता है।

पात्र की आयु व लिंग के आधार पर बनावट में भी अंतर होता है, जिसे कार्टून में व्यक्त किया जा सकता है। जैसे—कार्टून में पात्र यदि बच्चे हैं, तो बच्चों की आंख को बड़ी और गोलाकार बनाकर, यदि पात्र युवा वर्ग से है, तो युवा लोगों की आंख को सामान्य रूप में बनाकर व पात्र के वृद्ध होने पर आंख छोटी व झुर्रीदार बनाकर पात्र की आयु को स्पष्ट किया जा सकता है।

इसी प्रकार यदि पात्र महिला है, तो भौंहों को सेट दिखाकर या आंखों में काजल लगाकर प्रकट किया जा सकता है। यदि पात्र वृद्ध हो, तो आंखों पर नंबर का चश्मा भी लगाया जा सकता है।

चित्र 24 में विभिन्न भावों के आधार पर कुछ प्रकार की आंखों की रचना।

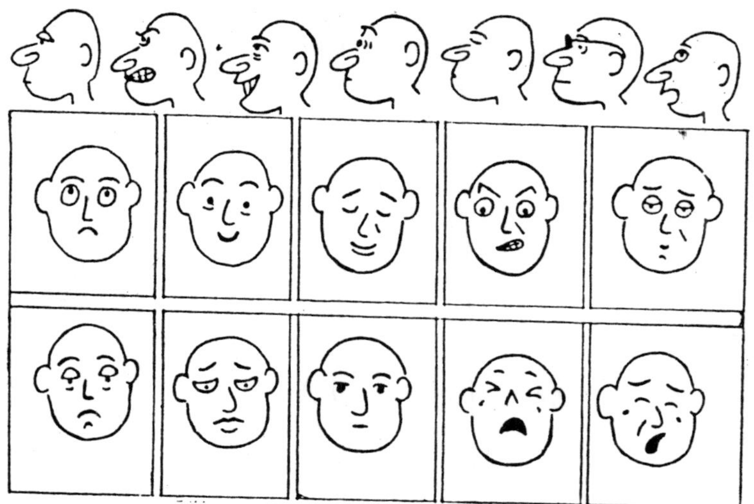

चित्र: 24

हेयर स्टाइल

कार्टून बनाने में हमें विभिन्न प्रकार के पात्रों की आवश्यकता होती है। इन पात्रों को शारीरिक रचना में परिवर्तन कर इन्हें विभिन्न प्रकार से बनाया जा सकता है। जैसे प्रत्येक व्यक्ति की अपने बालों को कंघी करने की अलग-अलग स्टाइल होती है।

आप भी कार्टून के पात्रों की हेयर स्टाइल विभिन्न प्रकार से बनाकर आकर्षक रूप दे सकते हैं। इसलिए विभिन्न प्रकार की हेयर स्टाइलों को देखकर इन्हें बनाने का अभ्यास करें तथा पात्रों के चरित्र के अनुरूप इनका उपयोग करें। आपकी सुविधा की दृष्टि से प्रस्तुत चित्र 25 में पुरुषों, चित्र 26 में महिलाओं और चित्र 27 में बच्चों के बालों की कुछ प्रकार की हेयर स्टाइल दिखाई गई है।

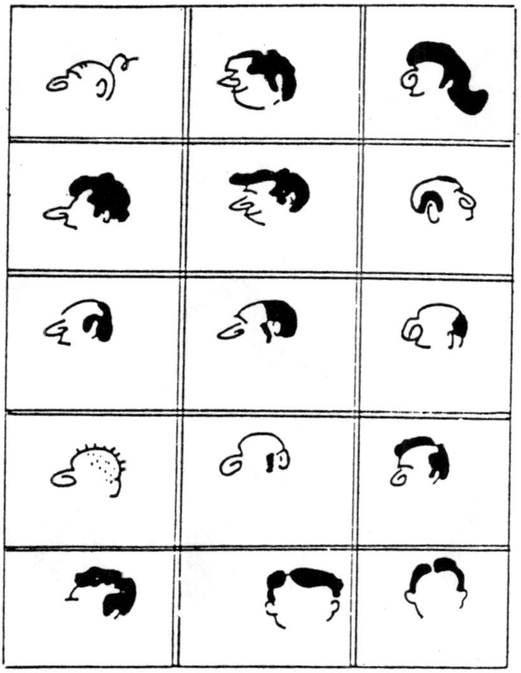

चित्र: 25 पुरुषों के हेयर स्टाइल

चित्र: 26 महिलाओं के हेयर स्टाइल

चित्रः 27 बच्चों के हेयर स्टाइल

अभ्यास 19

मुद्राएं

व्यंग्य चित्रों में हाव-भाव, क्रिया व प्रतिक्रिया व्यक्त करने के लिए कार्टून के शरीर के विभिन्न अंगों को अलग-अलग मुद्रा में बनाना पड़ता है। अतः दृश्य के अनुसार ही मुख-मुद्रा तथा हाथों की हथेलियों की अंगुलियों आदि की भी विभिन्न मुद्राएं बनानी पड़ती हैं। आप अपने हाथों की हथेलियों व अंगुलियों द्वारा विभिन्न मुद्राएं बनाकर इन्हें सीख सकते हैं।

मुद्राएं अनेक प्रकार की होती हैं। इस अभ्यास में मुख-मुद्रा हाथों की हथेलियों और अंगुलियों की मुद्रा एवं पैरों की विभिन्न प्रकार की मुद्राएं बनाई गई हैं, जो कार्टून बनाने में सहायक हैं। इनका वर्णन अग्रलिखित क्रमानुसार किया जा रहा है। चित्र 28 में मुख मुद्रा, चित्र 29 में पैरों की मुद्रा और चित्र 30 में हाथों की मुद्राओं के अनेक चित्र दिए गए हैं। इनकी सहायता से आप रोचक और प्रभावी कार्टून बना सकते हैं।

मुख-मुद्रा

कार्टून कला में पात्रों के शारीरिक अंगों की विभिन्न मुद्राओं द्वारा हाव-भाव, क्रिया-प्रतिक्रिया को व्यक्त किया जाता है। इन शारीरिक अंगों में मुख या चेहरे का विशेष महत्त्व होता है, क्योंकि मुख्य रूप से चेहरे के आधार पर ही पात्र के हाव-भाव या क्रिया-प्रतिक्रिया को व्यक्त किया जाता है।

कार्टून में पात्र के हाव-भाव, क्रिया-प्रतिक्रिया को व्यक्त करने के लिए उसके चेहरे के विभिन्न अंग, जैसे—बाल, आंख, नाक व मुंह आदि को विशेष आकार दिए जाते हैं। पात्र के मुख की विभिन्न मुद्राओं को ही मुख-मुद्रा कहा जाता है। मुख-मुद्राओं में हंसने, रोने, बोलने, या क्रोध जैसी मुद्राएं आती हैं।

कार्टून में पात्र की इन विभिन्न मुख-मुद्राओं से ही कार्टून में वास्तविकता और हास्य का बोध होता है। अतः कार्टून बनाने में मुख-मुद्राओं का विशेष ध्यान रखना आवश्यक होता है।

जैसे यदि पात्र क्रोध की मुद्रा में है एवं रेखांकन में हंसने जैसे भाव दिए गए हैं, तो कार्टून अव्यावहारिक लगेगा। अतः विषय एवं स्थिति के आधार पर ही मुख-मुद्रा का निर्धारण किया जाना चाहिए।

आप भी विभिन्न मानवीय भावों के आधार पर पात्र की मुख-मुद्रा को बनाने का अभ्यास करें। विभिन्न भावों के आधार पर मुख-मुद्रा का निर्धारण करने के लिए आप आईने के सामने अपने मुख पर विभिन्न भावों को लाने का अभ्यास करें एवं उनके आधार पर पात्र में विभिन्न भावों का समावेश करें।

चित्र 28 में विभिन्न भावों से युक्त कुछ मुख-मुद्राएं दी गई हैं। आप ऐसी ही अन्य मुख-मुद्राओं को बनाने का अभ्यास करें तथा आवश्यकतानुसार कार्टून में उनका उपयोग करें।

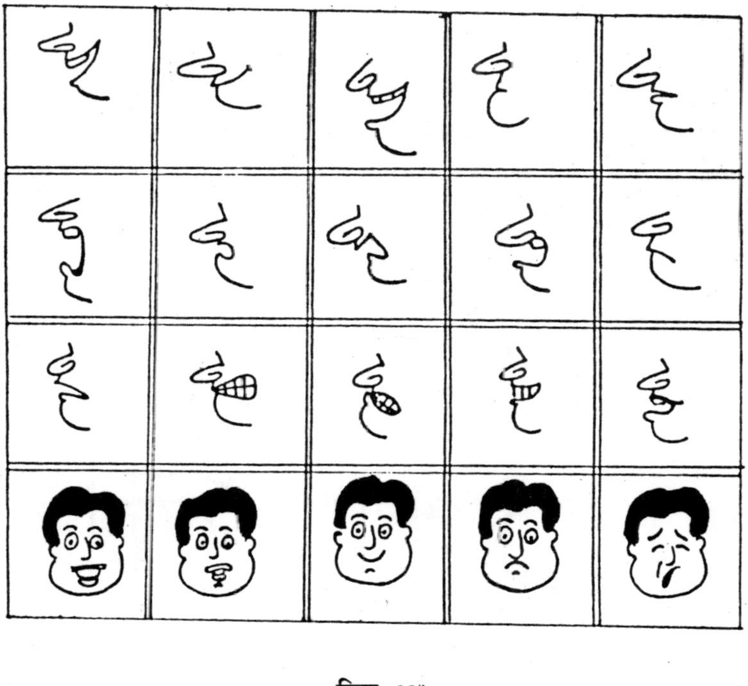

चित्र: 28

पैरों की मुद्रा

किसी दृश्य में कार्टून के पात्र के संपूर्ण शरीर (सिर से पैर तक) को रेखांकित किया जाना है, तो यहां पात्र के शरीर के अन्य भागों की मुद्राओं के अनुरूप ही पैरों की मुद्रा का भी विशेष ध्यान रखना होता है। अर्थात् पैरों की मुद्रा को व्यक्त करते समय मुख-मुद्रा, हाथों की मुद्रा व पैरों की मुद्रा में वास्तविक तालमेल होना आवश्यक है।

दृश्य के अनुरूप ही पात्र के पैरों की स्थितियां भी भिन्न-भिन्न होती हैं, जैसे पात्र के बैठे हुए होने की स्थिति में पैरों की स्थिति अलग होगी तथा चलने की अवस्था में अलग आकार लिए हुए होगी।

कार्टून में पात्र के पैरों की विभिन्न स्थितियों को जानने के लिए आपको चाहिए कि आप कोई भी कार्य करते समय या किसी भी स्थिति में होने पर अपने पैरों की स्थितियों को देखें तथा उनको बनाने का अभ्यास करें।

कार्टून में पात्र के पैरों की स्थिति के अलावा पैरों में पहने जाने वाले जूते या चप्पल को भी आवश्यकतानुसार दर्शाया जाता है, क्योंकि यह पात्र के चरित्र को व्यक्त करने में महत्त्वपूर्ण भूमिका का निर्वाह करते हैं।

जैसे यदि पात्र अधिकारी वर्ग से है, तो उसके पैरों में जूते चित्रित किए जाते हैं, वहीं भिक्षुक वर्ग को वास्तविक बनाने के लिए चप्पल का उपयोग किया जा सकता है।

अतः कार्टून में पात्र के पैरों की मुद्रा को बनाते समय पात्र के चरित्र, उसके पहनावे आदि का भी ध्यान रखा जाना आवश्यक होता है।

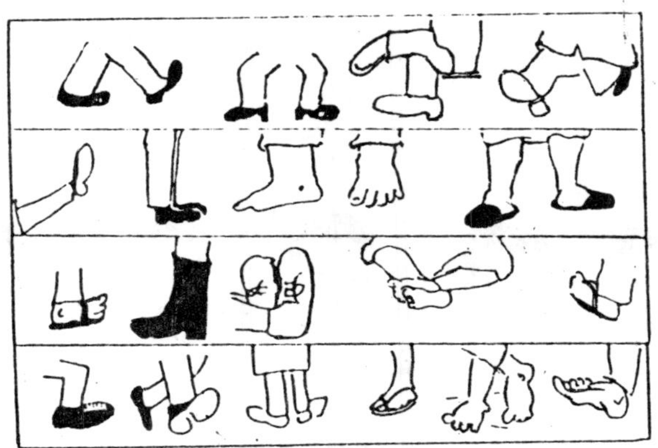

चित्रः 29 **पैरों की मुद्रा**

चित्र 30 में हाथों की विभिन्न स्थितियों के चित्र दिए जा रहे हैं। आप इन्हें ध्यान से देखें व इनका उपयोग कार्टून बनाने में करें।

चित्र: 30 हाथों की मुद्रा

हाथों की मुद्रा

जैसा कि पहले बताया जा चुका है कि पात्र के हाव-भाव, क्रिया या प्रतिक्रिया को व्यक्त करने के लिए पात्र के शारीरिक अंगों की विभिन्न मुद्राएं बनानी पड़ती हैं। इन मुद्राओं में मुख-मुद्रा, हाथों की मुद्रा व पैरों की मुद्रा प्रमुख होती हैं।

पात्र के हाव-भाव, क्रिया व प्रतिक्रिया को व्यक्त करने के लिए पात्र के हाथों को भी विशेष आकार देना होता है, जैसे चलते समय हाथों को क्रमशः आगे और पीछे दर्शाया जा सकता है।

हाथों के द्वारा हाव-भाव या क्रिया-प्रतिक्रिया को व्यक्त करने में हाथों की अंगुलियों का विशेष महत्त्व होता है, क्योंकि इन्हीं अंगुलियों के आधार पर यह स्पष्ट होता है कि पात्र क्या क्रिया कर रहा है। जैसे, यदि पात्र हाथों से कुछ कार्य कर रहा है या कुछ पकड़े हुए है, तो ऐसी स्थिति में अंगुलियों की आकृति विशेष रूप से महत्त्वपूर्ण हो जाती है।

रोजमर्रा के जीवन में हमें अपने हाथों द्वारा अनेक कार्य करने होते हैं, यहां यह ध्यान रखना आवश्यक है कि कार्टून भी हमारे दैनिक जीवन के विभिन्न पहलुओं से निकटता से जुड़े होते हैं। अतः कार्टून का विषय यदि दैनिक जीवन की किसी क्रिया विशेष से संबंधित है, तो पात्र के हाथों की भी वही मुद्रा बनानी पड़ती है, जो किसी कार्य विशेष को करने में हमारे हाथों की होती है।

अतः आप भी विभिन्न कार्यों को करते समय बनने वाली अपने हाथ की मुद्राओं को ध्यान से देखें तथा इनको बनाने का अभ्यास करें।

कार्टून बनाने में सुविधा की दृष्टि से आप हाथों की विभिन्न मुद्राओं का एक व्यवस्थित चार्ट भी बना सकते हैं एवं इस चार्ट के आधार पर विषय व भाव के आधार पर पात्र के हाथों को आकार दे सकते हैं।

अभ्यास 20

वेश-भूषा

व्यंग्य-चित्रों के निर्माण में वेश-भूषा का भी अत्यंत महत्त्व होता है, क्योंकि व्यक्ति अपनी प्रतिष्ठा, अपनी आर्थिक स्थिति, कार्य एवं संस्कृति के अनुसार अलग-अलग प्रकार के वस्त्र धारण करते हैं। जैसे उच्च व्यवसायों में लगे व्यक्ति कोट-पैंट, टाई इत्यादि का, नेता वर्ग कुर्ते, पायजामे व शेरवानी का, अन्य वर्ग के व्यक्ति पैंट-शर्ट का उपयोग करते हैं। इसी प्रकार पुलिस, डॉक्टर, वकील इत्यादि वर्ग की भी विशेष तरह की वेश-भूषा होती है। इसके अलावा महिला वर्ग एवं बाल वर्ग भी अपनी आयु के अनुसार वस्त्रों को धारण करते हैं।

महिला वर्ग एवं बाल वर्गों के वस्त्र समयानुसार फैशन के साथ-साथ परिवर्तित होते रहते हैं। अतः तत्कालीन फैशन के अनुसार ही कार्टून में इसके वस्त्रों का उपयोग करना उचित है।

एक अच्छे कार्टून को बनाने के लिए कार्टून के पात्रों की वेश-भूषा को समझने का नियमित अभ्यास किया जाना अत्यंत आवश्यक है, जिससे कार्टून में वास्तविकता प्रकट की जा सके।

वेश-भूषा को स्पष्ट करने के लिए प्रस्तुत अध्याय में हमने चित्र 31 में पुरुषों, चित्र 32 में महिलाओं और चित्र 33 में बच्चों के विभिन्न आयु वर्गों के अनुसार वस्त्रों के चित्र दिए हैं। इन चित्रों का अभ्यास करके आप सभी आयु वर्ग के पात्रों की वेश-भूषा को प्रभावी बना सकते हैं।

पुरुषों के वस्त्र

सामान्यतः पुरुषों की वेश-भूषा में पैंट-शर्ट, बनियान, टी-शर्ट एवं कुर्ता-पायजामा आदि आते हैं। इसके अलावा युवा वर्ग तत्कालीन फैशन के अनुरूप भी वस्त्रों को पहनते हैं।

वस्त्रों को आयु, धर्म व व्यवसाय के आधार पर भी पहना जाता है। अतः कार्टून बनाते समय पात्रों के चरित्र तथा आयु के अनुसार ही वस्त्रों का चयन करना होता है, जिससे कार्टून में पात्रों में वास्तविकता का आभास हो सके।

उदाहरण के रूप में पुरुषों के वस्त्रों के संदर्भ में हम देखें तो–

- पुरुष वर्ग में आयु के आधार पर युवा वर्ग सामान्यतः जीन्स, शर्ट, टी-शर्ट, जैकेट या कोट, पैंट पहनते हैं तथा वृद्धजन धोती-कुर्ता या कुर्ता-पायजामा आदि वस्त्रों को पहनते हैं।
- इसी प्रकार धर्म के आधार पर हिंदू वर्ग के व्यक्ति प्रायः पैंट-शर्ट, बनियान, टी-शर्ट, कोट-पैंट या अन्य प्रकार के वस्त्रों का उपयोग करते हैं, वहीं सिख वर्ग में प्रायः पंजाबी सूट, मुस्लिम वर्ग में पठानी सूट, कुर्ता, शेरवानी आदि वस्त्रों का उपयोग होता है।

व्यवसाय के आधार पर नेता वर्ग धोती-कुर्ता, कुर्ता-पायजामा, शेरवानी। पुलिस वर्ग पुलिस ड्रेस व वकील वर्ग काला कोट व सफेद शर्ट पहनते हैं। इसी प्रकार अन्य व्यवसाय से संबद्ध व्यक्ति अलग-अलग वेश धारण किए करते हैं।

आप भी विभिन्न प्रकार के व्यक्तियों की ड्रेस का कार्टून में आवश्यकतानुसार उपयोग कर कार्टून को वास्तविक बना सकते हैं।

चित्रः 31

महिलाओं के वस्त्र

कार्टून में महिलाओं के वस्त्र बनाते समय संस्कृति, धर्म, आयु, स्थान या फैशन के आधार पर वस्त्रों का चयन करना होता है।

यह चयन निम्नांकित प्रकार से किया जा सकता है :

संस्कृति के आधार पर वस्त्रों का चयन : भारतीय संस्कृति के अनुसार महिलाओं की मुख्य पोशाक साड़ी-ब्लाउज है। पर इनको पहनने का तरीका अलग-अलग होता है। जैसे कई महिलाएं साड़ी के पल्लू से अपना सिर ढंकती हैं, तो कुछ महिलाएं पल्लू को सामने की ओर रखती हैं। इसी प्रकार ब्लाउज भी अलग-अलग प्रकार के पहने जाते हैं। जैसे कई महिलाएं बगैर आस्तीन वाला, हाफ या बड़ी आस्तीन वाला ब्लाउज पहनती हैं।

धर्म के आधार पर वस्त्रों का चयन : धर्म के आधार पर भी महिलाएं अलग-अलग प्रकार के वस्त्र पहनती हैं। जैसे मुस्लिम महिलाएं बुर्का या सलवार कमीज पहनती हैं। इसी प्रकार पंजाबी व सिंधी महिलाएं भी सलवार या कमीज धारण करती हैं।

आयु के आधार पर वस्त्रों का चयन : आयु के आधार पर भी महिलाओं के वस्त्रों में भिन्नता होती है। जैसे युवतियां सलवार-कमीज, स्कर्ट, मिडी, जीन्स, टी-शर्ट या अन्य फैशनेबल वस्त्र पहनती हैं, परंतु विवाहित या अधिक आयु की महिलाएं प्रायः साड़ी-ब्लाउज या गाउन का उपयोग करती हैं।

स्थान के आधार पर वस्त्रों का चयन : भारत विभिन्न संस्कृतियों वाला देश है। अतः स्थान परिवर्तन के साथ ही वेशभूषा में भी अंतर दिखाई पड़ता है। जैसे राजस्थान की महिलाएं प्रायः घाघर-लुगड़ा पहनती हैं, वहीं महाराष्ट्र राज्य व ग्रामीण क्षेत्र की महिलाएं साड़ी को धोती के समान बांधकर पहनती हैं।

आप भी अपने कार्टून में महिला पात्र को चित्रित करते समय उनसे संबंधित वेश-भूषा का ध्यान रखें, जिससे कार्टून में वास्तविकता का समावेश हो सके।

प्रस्तुत चित्र 32 में महिलाओं के कुछ वस्त्रों के चित्र प्रदर्शित किए गए हैं, जो आप को कार्टून बनाने में सहायता प्रदान कर सकेंगे।

चित्र: 32

बच्चों के वस्त्र

कार्टून कई बार बच्चों पर आधारित होते हैं या इनमें विषय-वस्तु के आधार पर बच्चों को चित्रित किया जाता है। बच्चों को चित्रित करने पर इनके अनुरूप ही वस्त्रों का निर्धारण करना होता है, जिससे कार्टून में वास्तविकता का आभास हो सके।

बच्चों के परिवेश के संदर्भ में देखा जाए, तो लिंग के आधार पर बच्चों के वस्त्र भी अलग-अलग प्रकार के होते हैं।

लिंग के आधार पर बच्चों के वस्त्रों को दो भागों में बांटा जा सकता है–

बालकों के वस्त्र : बालकों के वस्त्रों में मुख्यतः हाफ या फुल पैंट, शर्ट, कॉलर या बिना कॉलर वाले या गोल गले वाले टी-शर्ट, कुर्ता-पायजामा, बनियान या अन्य तात्कालिक फैशन पर आधारित वस्त्र।

परंतु कई बार अवसर विशेष के आधार पर भी वस्त्रों का चयन किया जाता है। जैसे अवसर विशेष पर कोट, पैंट, जाकेट व टाई का प्रयोग किया जा सकता है। इसी प्रकार स्कूली बच्चों को दर्शाने के लिए स्कूल की ड्रेस का उपयोग किया जा सकता है।

बालिकाओं के वस्त्र : बालिकाओं के संदर्भ में कहा जा सकता है कि इनके वस्त्र विभिन्न डिजाइनों के होते हैं, जो फैशन के अनुरूप परिवर्तित होते रहते हैं। बालिकाओं के वस्त्रों में मुख्यतः झबला, फ्रॉक, शर्ट, पैंट, मिडी, टी-शर्ट, स्कर्ट या अन्य प्रकार के वस्त्र होते हैं।

बच्चों के वस्त्रों के संदर्भ में, तो पाते हैं कि समय व फैशन के अनुसार इनके वस्त्रों में परिवर्तन होता ही रहता है। अतः कार्टून में बाल वर्ग के लोगों के वस्त्र बनाते समय विषय-वस्तु के अनुसार तत्कालीन फैशन के वस्त्रों का उपयोग किया जा सकता है।

चित्र 33 में बच्चों के कुछ वस्त्रों को चित्रित किया गया है। इनसे आपको कार्टून में वास्तविकता लाने में मदद मिलेगी।

चित्र: 33

टोपियां

हम अपने रोजमर्रा के जीवन में विभिन्न पहनावे वाले व्यक्तियों को देखते हैं। इनमें से कई व्यक्ति विभिन्न प्रकार की टोपियां पहने हुए होते हैं। जैसे, नेता वर्ग गांधी कट टोपी का उपयोग करता है, वहीं पुलिस कर्मी हैट का उपयोग करते हैं।

टोपी या कैप का उपयोग विभिन्न कारणों से किया जाता है। जैसे कई व्यक्ति कैप या हैट का उपयोग फैशन या विभिन्न कारणों के आधार पर करते हैं, परंतु कई व्यवसाय या सेवाएं ऐसी होती हैं, जिनमें टोपी या हैट पहनना आवश्यक होता है, जैसे पुलिस कर्मी, होटल के वेटर, बैंड कर्मी आदि।

इसके अलावा कई व्यक्ति धर्म या वर्ग के आधार पर टोपी या पगड़ी का उपयोग करते हैं। जैसे सिख धर्म के व्यक्ति पगड़ी का व मुस्लिम वर्ग के व्यक्ति गोल टोपी का उपयोग करते हैं।

बनावट के आधार पर टोपी, हैट या पगड़ी आदि अलग-अलग प्रकार लिए हुए होती है। अतः इनको बनाने का अभ्यास करना होता है, जिससे कार्टून में आवश्यकतानुसार इनका उपयोग किया जा सके।

चित्र 34 में कुछ चित्र दिए गए हैं, जो कार्टून बनाने में आपके लिए उपयोगी सिद्ध होंगे।

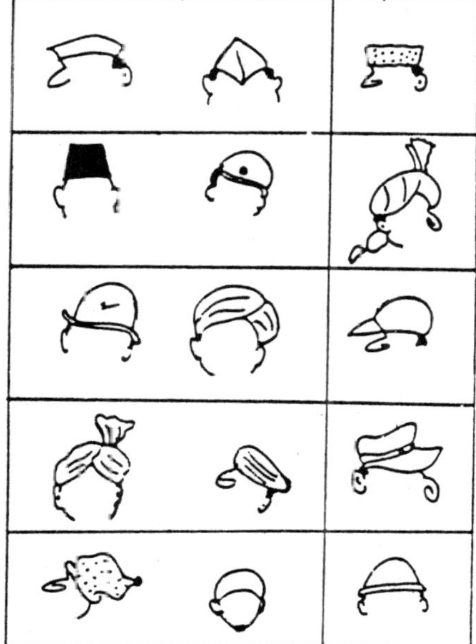

चित्र: 34

अभ्यास 21

धर्म के आधार पर पात्र

कार्टून में विभिन्न धर्म से संबद्ध व्यक्ति हो सकते हैं। इन पात्रों का चयन कार्टून के विषय के आधार पर किया जाता है।

विभिन्न धर्म से संबंधित व्यक्तियों की वेशभूषा, रहन-सहन आदि में भी अंतर होता है। इसमें व्याप्त अंतरों को दर्शाने के लिए पात्रों का विभिन्न प्रकार से मेकअप (शृंगार) कर उनका विभिन्न धर्म से संबंधित होना दर्शाया जा सकता है।

भारत वर्ष में वैसे तो अनेक धर्म, संप्रदाय या जाति के नागरिक रहते हैं। परंतु धर्म के आधार पर इनके मुख्यतः चार वर्ग हैं :

हिंदू पात्र : हिंदू पात्र को प्रकट करने के लिए सामान्यतः किसी पृथक पहचान चिह्न की आवश्यकता नहीं होती है। अतः इस वर्ग से संबंधित पात्रों को सामान्य रूप में ही बनाकर दर्शाया जा सकता है। फिर भी यदि हिंदू पुरोहित को चित्रित करना हो, तो मुंडा किए हुए सिर में चुटिया, रुद्राक्ष की माला, जनेऊ, तिलक आदि से चिह्नित किया जाएगा।

मुस्लिम पात्र : कार्टून में पात्र यदि मुस्लिम वर्ग से है, तो इन्हें दर्शाने के लिए गोल टोपी, हलकी मूंछ व दाढ़ी या मूंछ रहित दाढ़ी, गले में आवश्यकतानुसार ताबीज, कुर्ता-पायजामा, लुंगी-कुर्ता आदि का उपयोग किया जा सकता है।

इसी प्रकार यदि पात्र कोई मुस्लिम महिला है, तो इनको प्रकट करने के लिए पहनावे में बुर्का, सलवार-कमीज एवं दुपट्टे का उपयोग किया जा सकता है।

सिख पात्र : सिख संप्रदाय के व्यक्तियों को प्रकट करने के लिए पुरुष वर्ग हेतु जूड़ा, दाढ़ी, मूंछ, कटार या कृपाण व हाथ में कड़े का उपयोग किया जाता है। इसी प्रकार महिला वर्ग हेतु सलवार-कमीज एवं दुपट्टे का उपयोग किया जाता है।

ईसाई पात्र : यदि कार्टून में किसी ईसाई पात्र का उपयोग किया जा रहा है, तो इन्हें दर्शाने के लिए सामान्य रूप में गोल हैट, फ्रेंच कट दाढ़ी, टी-शर्ट एवं गले में क्रास का लाकेट दिखाया जा सकता है।

आप अपने दैनिक जीवन में विभिन्न धर्म या संप्रदाय के व्यक्तियों को देखते होंगे। एक कुशल कार्टूनिस्ट बनने के लिए आवश्यक है कि आप विभिन्न वर्ग या संप्रदाय से संबंधित व्यक्तियों के आचरण, रहन-सहन एवं वेश-भूषा को भली प्रकार देखें तथा कार्टून बनाने में उनका आवश्यकतानुसार उपयोग करें।

चित्र 35 में क. हिंदू, ख. मुस्लिम, ग. सिख एवं घ. ईसाई पात्र के चित्र दिखाए गए हैं।

चित्र: 35

अभ्यास 22

विभिन्न वर्ग के आधार पर पात्र

कार्टून में कई बार विभिन्न वर्ग या व्यवसाय से संबद्ध पात्रों को चित्रित किया जाता है। व्यवसाय के आधार पर ही पात्रों का मेकअप भी करना आवश्यक होता है। पाठकों की सुविधा के लिए व्यवसाय के आधार पर कुछ पात्रों के पहचान चिह्न का यहां उल्लेख किया जा रहा है, जिनका उपयोग आवश्यकतानुसार कार्टून की विषय-वस्तु के आधार पर किया जा सकता है–

- पंडित – चोटी युक्त बाल विहीन सिर, मस्तक पर तिलक, गले व हाथों में माला, धोती-कुर्ता या अर्धनग्न शरीर, पैरों में खड़ाऊं।
- साधु – जटा, जूड़ा या खुले बाल, मस्तक पर तिलक धोती की लुंगी तथा कुर्ता, लंगोट, अर्ध नग्न शरीर, हाथों में कमंडल व त्रिशूल, पैरों में खड़ाऊं बड़ी-बड़ी मूंछे आदि।
- अपराधी – टोपी, गंजा या अत्यंत छोटे बाल युक्त सिर, बड़ी व मोटी भौंहें, गले में ताबीज या स्कार्फ़, काला चश्मा, मुंह में सिगरेट, टी-शर्ट के साथ पैंट या लुंगी, पैरों में जूते या चप्पलें आदि।
- नेता – टोपी, आवश्यकतानुसार चश्मा, कुर्ता, बंडी, शेरवानी पायजामा, चूड़ीदार पायजामा, चप्पल, जूते आदि।
- पुलिस – टोपी, हैट, छोटे-छोटे बाल, बड़ी भौंहें, मूंछ, पुलिस ड्रेस, डंडा आदि।
- वकील – आवश्यकतानुसार बाल या अधगंजा सिर, मूंछ या मूंछ विहीन चेहरा, आवश्यकतानुसार चश्मा, वकील की ड्रेस (सफेद शर्ट. पैंट, बैज, काला कोट), पैरों में जूते आदि।

चित्र: 36

- डॉक्टर – आवश्यकतानुसार बाल या अधगंजा सिर, नंबर का चश्मा, आवश्यकतानुसार मूंछ या मूंछ रहित चेहरा, शर्ट-पैंट, टाई, सफेद कोट या एप्रेन, गले में स्टेथेस्कोप, जूते आदि।
- व्यापारी – आवश्यकतानुसार बालों की स्टाइल, पगड़ी या टोपी, कुर्ता-पायजामा, शर्ट व पैंट, पैरों में चप्पलें आदि।
- पत्रकार – आवश्यकतानुसार बालों की स्टाइल, मूंछ व दाढ़ी, चश्मा, कुर्ता व पायजामा, शर्ट व पैंट, कंधे पर झोला, हाथों में डायरी व पेन, पैरों में चप्पलें आदि।
- अधिकारी – अधगंजा सिर या आवश्यकतानुसार बालों की स्टाइल, मूंछ या मूंछ विहीन चेहरा, नंबर या काला चश्मा, शर्ट, कोट, टाई व पैंट, हाथों में आवश्यकतानुसार अटैची, पैरों में जूते आदि।
- भिक्षुक – बड़े बेतरतीब बाल, मूंछ व दाढ़ी, फटे व जगह-जगह से पैबंद लगे कपड़े या अर्द्धनग्न शरीर, कटोरा, पैरों में चप्पलें आदि।
- विद्यार्थी – फैशनेबल स्टाइल में कटे बाल, नंबर का या काला चश्मा, शर्ट-पैंट, आवश्यकतानुसार टाई, आयुवर्ग के अनुसार कंधे पर बस्ता या हाथों में पुस्तक, पैरों में जूते आदि।
- ग्रामीण – पगड़ी या साफा, मूंछ, घुटनों तक धोती-कुर्ता, गले में गमछा, पैरों में चप्पलें आदि।

आप भी इसी प्रकार विभिन्न क्षेत्रों से जुड़े व्यक्तियों को गौर से देखें एवं उनको उनकी विशेषताओं के आधार पर चित्रित करने का प्रयास करें।

चित्र 36 में विभिन्न वर्ग या व्यवसाय से जुड़े व्यक्तियों जैसे क. पंडित, ख. साधु, ग. अपराधी, घ. नेता, च. पुलिस, छ. वकील, ज. डॉक्टर, झ. व्यापारी, ट. पत्रकार, ठ. अधिकारी, ड. भिक्षुक, ढ. विद्यार्थी एवं त. ग्रामीण।

अभ्यास 23

कैरीकेचर

कैरीकेचर क्या है?

कार्टून बनाने में अकसर काल्पनिक पात्रों का उपयोग होता है, परंतु हमें कई बार किसी व्यक्ति विशेष पर आधारित कार्टून बनाने की आवश्यकता भी पड़ती है। जैसे राजनीति पर आधारित कार्टून में आपने कई राजनीतिज्ञों के कार्टून देखे होंगे। इसके अतिरिक्त आपने किसी व्यक्ति विशेष के हस्त निर्मित चित्र भी देखे होंगे। इस प्रकार व्यक्ति विशेष के हाथों से बनाए गए चित्रों को कैरीकेचर कहा जाता है। परंतु कार्टून कला में हास्य पैदा करने के लिए कैरीकेचर के हाव-भाव बदलकर कार्टून का रूप दे दिया जाता है।

अब प्रश्न यह उठता है कि कैरीकेचर किस प्रकार बनाए जाएं?

कैरीकेचर बनाने के लिए यह आवश्यक है कि सर्वप्रथम आप उस व्यक्ति विशेष, जिसका कैरीकेचर बनाना है, के चेहरे की आकृति व चेहरे के विभिन्न भागों जैसे आंख, कान, नाक, ठुड्डी, बालों की स्टाइल इत्यादि को गौर से देखकर इन्हें बनाने का अभ्यास करें। इसके अलावा इस बात का भी ध्यान रखें कि उस व्यक्ति विशेष की वेश-भूषा क्या है? क्योंकि कई बार व्यक्ति अपनी विशेष वेश-भूषा के द्वारा पहचाना जाता है। अतः कार्टून को वास्तविक रूप देने के लिए वेश-भूषा का ध्यान रखना भी महत्त्वपूर्ण होता है।

कैरीकेचर बनाने का दूसरा आसान तरीका

कैरीकेचर बनाने का दूसरा आसान तरीका यह भी है कि वह व्यक्ति, जिसका आप कैरीकेचर बनाने जा रहे हैं, का यदि आपके पास कोई चित्र उपलब्ध है, तो उस पर ग्राफ युक्त पारदर्शी कागज रख कर पेंसिल की सहायता से ग्राफ पेपर पर वह चित्र

उतार लें। अब यह देखें कि ग्राफ के प्रत्येक वर्ग में इस चित्र के कौन-कौन से भाग आ रहे हैं। अब एक अन्य कागज पर जिसमें ग्राफ पेपर के नाप के ही वर्ग बने हों और फिर ग्राफ पेपर के प्रत्येक वर्ग में आए व्यक्ति विशेष के हिस्सों को देखकर पेंसिल से बने ग्राफ युक्त कागज पर ऐसी ही नकल करें। कैरीकेचर बनाने के पश्चात पेंसिल से बने ग्राफ को मिटा दें। इस तकनीक के द्वारा आप सरलता से कैरीकेचर का निर्माण कर सकते हैं।

चित्रः 37

चित्र 37 (क) में श्री अटलबिहारी वाजपेयी एवं (ख) में श्री पी. वी. नरसिंहाराव के कैरीकेचर बनाए गए हैं। आप भी इसी प्रकार विभिन्न व्यक्तियों के कैरीकेचर बना सकते हैं।

अभ्यास 24

अलग-अलग चित्रों के आधार पर कार्टून कैसे बनाएं

इस अध्याय में विभिन्न प्रकार के चेहरों, वस्त्रों, आंतरिक और बाहरी लोकेशन की आकृति के चित्र दिए गए हैं। आप इन आकृतियों को संयोजित (पेस्ट) कर कार्टून का निर्माण कर सकते हैं।

उदाहरण के तौर पर इसमें दो चित्र दिए गए हैं। चित्र 38 में विभिन्न आकृतियों को अलग-अलग दर्शाया गया है और चित्र 39 में इन आकृतियों को संयोजित करके एक पूर्ण चित्र का निर्माण किया गया है। आपकी सुविधा के लिए चित्र 38 की जो आकृति चित्र 39 में जहां जोड़ी गई है, वहां उसका नंबर भी लिख

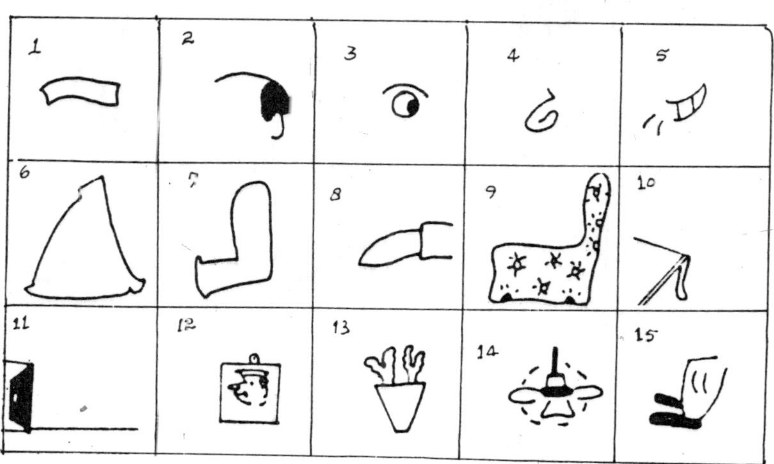

चित्र: 38

दिया गया है। इस प्रकार इन चित्रों के माध्यम से आकृतियों को संयोजित करके कार्टून बनाने की कला दिखाई गई है। इसी प्रकार अन्य आकृतियों को जोड़कर आप अलग-अलग प्रकार के चित्र बनाने का अभ्यास कर सकते हैं। निरंतर अभ्यास से आप कुछ ही दिनों में उच्च स्तर के रोचक एवं प्रभावी कार्टून बना सकेंगे।

चित्र: 39

अभ्यास 25

कार्टून बनाने हेतु अति महत्त्वपूर्ण बातें

कार्टून कला को भली-भांति समझने के लिए कुछ महत्त्वपूर्ण बातों या सूत्रों का ध्यान रखना लाभप्रद होता है, क्योंकि एक कुशल कार्टूनिस्ट बनने के लिए ये सूत्र महत्त्वपूर्ण आधार हैं। इन सूत्रों को हम इस प्रकार समझ सकते हैं :

1. कार्टून सदैव साफ व स्वच्छ ड्राइंग शीट या ट्रेस पेपर पर बनाना चाहिए।
2. व्यंग्य-चित्र सदैव सही जानकारी पर आधारित होना चाहिए।
3. व्यंग्य-चित्र व उसके संवाद अश्लील न हों।
4. व्यंग्य-चित्र यदि किसी व्यक्ति विशेष पर आधारित हो, तो उसके चरित्र को शालीनतापूर्वक व्यक्त करें।
5. व्यंग्य-चित्रों को पक्षपात रहित होकर बनाएं।
6. व्यंग्य-चित्र हास्यप्रद अवश्य हो, परंतु निम्न स्तरीय न हो।
7. कार्टून को समसामयिक, तात्कालिक या रोजमर्रा के घटनाक्रमों पर आधारित रखने का प्रयास करना चाहिए।
8. प्रकाशन संबंधी समस्या से बचने के लिए कार्टून सदैव पत्र या पत्रिकाओं में निर्धारित कॉलम के अनुसार ही बनाएं। कॉलम निर्धारित करने के लिए ट्रेस पेपर या ड्राइंग शीट पर पेंसिल से पहले निर्धारित नाप के कॉलम बना लें, इसके पश्चात् कार्टून इसी स्थान के भीतर बनाएं।
9. कार्टून की लंबाई एवं चौड़ाई में उनके अनुपात का ध्यान रखें। अर्थात् लंबाई और चौड़ाई का अनुपात उचित हो।
10. कार्टून बनाने से पूर्व कार्टून के विषय, उसके पात्र, लोकेशन एवं संवाद आदि का निर्धारण कर लें।

11. कार्टून बनाने के पहले कार्टून की आउट लाइन बनाएं। इसके उपरांत इसी आउट लाइन के आधार पर कार्टून का निर्माण करें।

12. फाइनल कार्टून बनाने के पूर्व एक रफ कार्टून बनाएं तथा त्रुटि रहित होने पर इसे फेअर करें।

13. कार्टून के पात्र, उनका चरित्र, वेशभूषा एवं हाव-भाव का विशेष ध्यान रखें, क्योंकि एक अच्छे कार्टून का यही मुख्य आधार होते हैं।

14. कार्टून में पात्र, उसकी वेश-भूषा एवं लोकेशन में प्रयुक्त चित्र सरल एवं स्पष्ट होना चाहिए तथा संवाद में भी जटिल शब्दों के प्रयोग के स्थान पर सरल शब्दों का चयन करें।

15. कार्टून में पात्र की वेश-भूषा, उसकी आयु, लिंग या व्यवसाय पूरी तरह स्पष्ट होना चाहिए।

16. कार्टून में बाह्य या आंतरिक लोकेशन को स्पष्ट करने के लिए कम से कम वस्तुओं का उपयोग करें तथा प्रयुक्त सामग्री को दर्शाने के लिए भी ऐसे सरल चित्र बनाएं, जो वस्तुओं को सांकेतिक रूप से प्रकट कर सकें।

17. कार्टून में प्रयुक्त संवाद व्याकरण संबंधी त्रुटि से रहित होना चाहिए।

18. यदि किसी व्यक्ति विशेष की कोई पृथक् पहचान हो, तो उसे अवश्य रेखांकित करने का प्रयास करें।

19. कार्टून में पात्र व प्रयुक्त सामग्री के साथ उनके संकेत चिह्नों का उपयोग अवश्य करें, जिससे कार्टून में सजीवता आ सके।

20. यदि कार्टून में यह प्रकट करना हो कि उपरोक्त कार्टून की विषय-वस्तु समाचार-पत्र, पत्रिका या संचार माध्यम जैसे रेडियो या दूरदर्शन के समाचार पर आधारित है, तो यह स्पष्ट करने के लिए समाचार-पत्र, पत्रिका, रेडियो या दूरदर्शन का चित्र भी कार्टून में बनाकर इन्हें व्यक्त करें तथा प्रयुक्त चित्रों को ऊपर बाईं तरफ बनाएं।

21. कार्टूनिस्ट को चाहिए कि वह अपने नाम का उल्लेख कार्टून के नीचे दाईं ओर करे तथा अपना पूरा नाम के स्थान पर उसके संक्षिप्त रूप का प्रयोग करे।

22. कार्टून यदि किसी स्थान विशेष पर आधारित हो, तो उस स्थान का वास्तविक चित्रण करने के लिए उस स्थान विशेष पर पायी जाने वाली वस्तुओं का विचार करें तथा उन्हें कार्टून में व्यक्त करें, जिससे कार्टून वास्तविक लगे।

जैसे यदि कार्टून रेलवे स्टेशन से संबंधित है, तो रेलवे स्टेशन पर पाई जाने वाली वस्तुओं, जैसे प्लेट-फार्म, रेल, रेल की पटरी, कुली, खोमचे वाले, यात्री आदि वस्तुओं का आवश्यकतानुसार चयन कर उनका चित्रण करना चाहिए।

23. कार्टून बनाने में रुचि रखने वाले कार्टूनिस्ट को चाहिए कि वह उपयोग में आने वाले चित्रों की एक व्यवस्थित फाइल बनाकर रखे, जिससे आवश्यकता पड़ने पर इन चित्रों की सहायता ली जा सके।

24. अंतर्राष्ट्रीय, राष्ट्रीय, प्रादेशिक एवं स्थानीय स्तर के घटनाक्रमों पर सतत नजर रखें तथा इनको आधार बना कर कार्टून का निर्माण करें।

25. समाचार-पत्र, पत्रिकाओं और संचार माध्यमों के निरंतर संपर्क में रहें, जिससे घटनाक्रमों की आवश्यक जानकारी प्राप्त होती रहे।

अभ्यास 26

उपसंहार

कार्टून निर्माण में इस बात का ध्यान रखना आवश्यक है कि कार्टून बहुधा किसी व्यक्ति विशेष को लेकर बनाए जाते हैं, अतः आवश्यक है कि बनाए गए कार्टून मात्र हास्यपूर्ण हों, अश्लील नहीं। साथ ही हमारे आस-पास में घटित होने वाली घटनाओं पर भी ध्यान रखें, क्योंकि कार्टून सामान्यतः तात्कालिक स्थितियों को लेकर ही बनाए जाते हैं।

इस पुस्तक के अध्ययन के पश्चात् निश्चित रूप से आप कार्टून निर्माण की आवश्यक तकनीक के बारे में पर्याप्त जानकारी प्राप्त कर चुके हैं। अतः आप नियमित अभ्यास और लगन के द्वारा स्वयं कार्टून बनाने का अभ्यास करें। इससे आप कुछ ही समय में कार्टून कला में पारंगत होकर धन एवं यश की प्राप्ति कर सकेंगे और जाने-माने कार्टूनिस्टों में नाम दर्ज करा कर समाज में सम्मानित जीवन जी सकेंगे।

●●●

कंप्यूटर / साइंस / गेम्स

Four Volumes Over 800 Pages, Over 900 Illustrations, 890 Articles

Available in Hindi & English

150/-

बड़ा आकार, पृ. 96

150/-

बड़ा आकार, पृ. 192

कंप्यूटर/पॉपुलर साइंस/मैजिक

पूर्णतया रंगीन, पृ. 112
ट्यूटोरियल सी.डी. मुफ्त!

अंग्रेजी में भी उपलब्ध
पूर्णतया रंगीन

डिमाई आकार,

डिमाई आकार, पृ. 112

बड़ा आकार, पृ. 112
अंग्रेजी में भी उपलब्ध

डिमाई आकार,

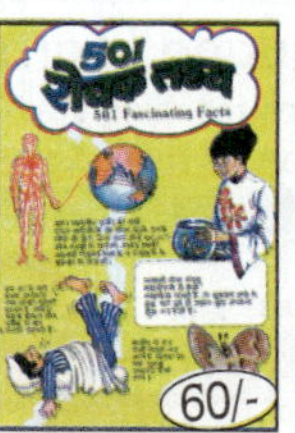

डिमाई आकार,

डिमाई आकार, पृ. 168

डिमाई आकार, पृ. 160

डिमाई आकार, पृ. 192

डिमाई आकार, पृ. 144

डिमाई आकार, पृ. 152

96/-

डिमाई आकार, पृ. 144

बड़ा आकार, पृ. 412

डाकखर्च: 30 से 40/- रुपए पुस्तक अतिरिक्त

ज्योतिष/अंक शास्त्र/वास्तु/भवन निर्माण

डिमाई आकार, पृ. 144

डिमाई आकार, पृ. 160

डिमाई आकार, पृ. 176

डिमाई आकार, पृ. 144
अंग्रेजी में भी उपलब्ध

डिमाई आकार, पृ. 364
अंग्रेजी में भी उपलब्ध

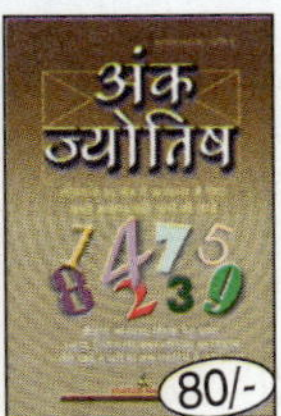

डिमाई आकार, पृ. 200

डिमाई आकार, पृ. 216

उपयोगी कलाएं

बड़ा आकार,

डिमाई आकार, पृ. 88

डिमाई आकार, पृ. 176
अंग्रेजी में भी उपलब्ध
पूर्णतया रंगीन

बड़ा आकार, पृ. 116
अंग्रेजी में भी उपलब्ध

हिन्दी अध्ययन

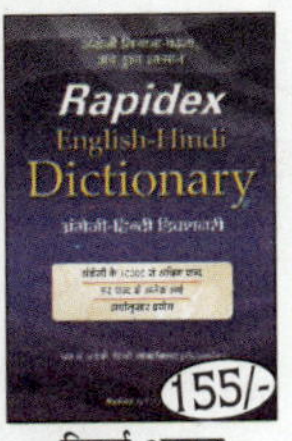

डिमाई आकार

डिमाई आकार

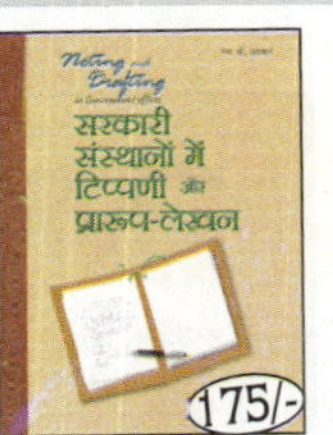

बड़ा आकार

डिमाई आकार, पृ. 128
अंग्रेजी में भी उपलब्ध
पूर्णतया रंगीन

बड़ा आकार, पृ. 172

वाद्य एवं संगीत

डिमाई आकार,

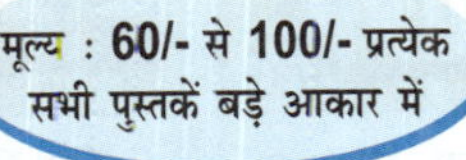

भवन निर्माण

बड़ा आकार, पृ. 188

बड़ा आकार, पृ. 156

डाकखर्च: 30 से 40/- रुपए पुस्तक अतिरिक्त

डिमाई आकार, पृ. 144

डिमाई आकार, पृ. 220

डिमाई आकार, पृ. 252

डिमाई आकार, पृ. 128
अंग्रेजी में भी उपलब्ध

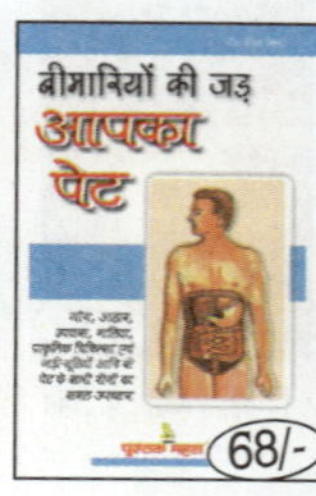

डिमाई आकार, पृ. 120

डिमाई आकार, पृ. 88

डिमाई आकार, पृ. 160

डिमाई आकार (हार्डबाउंड)

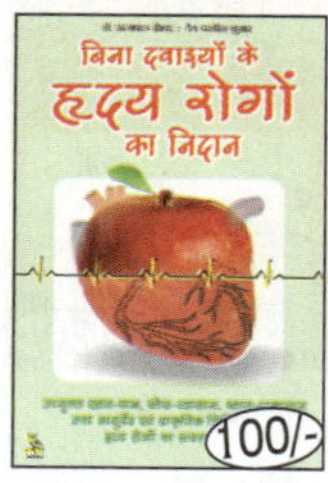

डिमाई आकार, पृ. 112

डिमाई आकार, पृ. 128

डिमाई आकार, पृ. 80

डिमाई आकार, पृ. 120

डिमाई आकार, पृ. 152

डिमाई आकार, पृ. 48

डिमाई आकार, पृ. 116
अंग्रेजी में भी उपलब्ध

डिमाई आकार, पृ. 118
अंग्रेजी में भी उपलब्ध

डिमाई आकार, पृ. 312

डिमाई आकार, पृ. 72
अंग्रेजी में भी उपलब्ध

बड़ा आकार, पृ. 320

बड़ा आकार, पृ. 388

डाकखर्चः 30 से 40/- रुपए पुस्तक अतिरिक्त

डिमाई आकार, पृ. 120

डिमाई आकार, पृ. 128

डिमाई आकार, पृ. 102

डिमाई आकार, पृ. 144

डिमाई आकार, पृ. 318

डिमाई आकार, पृ. 144

डिमाई आकार, पृ. 176

डिमाई आकार, पृ. 144

डिमाई आकार पृ. 312

डिमाई आकार पृ. 88

डिमाई आकार, पृ. 136

डिमाई आकार पृ. 144

डिमाई आकार पृ. 112

डिमाई आकार पृ. 112

डिमाई आकार पृ. 140

डिमाई आकार, पृ. 144

डिमाई आकार पृ. 152

डिमाई आकार, पृ. 104

डिमाई आकार पृ. 112

डिमाई आकार, पृ. 160
अंग्रेजी तथा बंगला
में भी उपलब्ध

डिमाई आकार पृ. 144

डिमाई आकार पृ. 128

डिमाई आकार पृ. 128

डाकखर्च: 30 से 40/- रुपए पुस्तक अतिरिक्त

धर्म-ग्रंथ

डिमाई आकार पृ. 224

डिमाई आकार पृ. 216

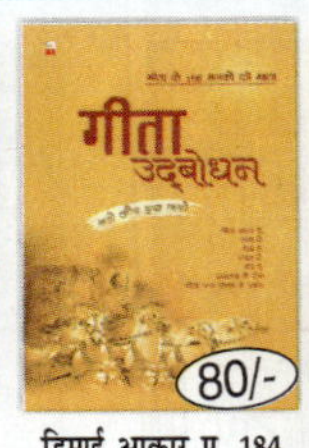

डिमाई आकार पृ. 184

डिमाई आकार

पृ. 120

डिमाई आकार पृ. 180

डिमाई आकार पृ. 192

डिमाई आकार पृ. 160

डिमाई आकार पृ. 96

डिमाई आकार पृ. 192

डिमाई आकार पृ. 112

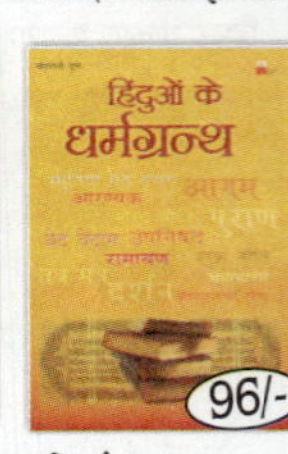

डिमाई आकार पृ. 240

डिमाई आकार पृ. 176

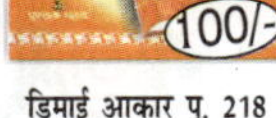

डिमाई आकार पृ. 218

डिमाई आकार पृ. 216

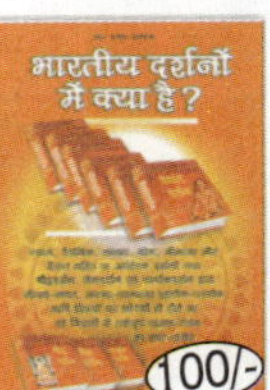

डिमाई आकार पृ. 200

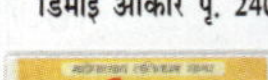

डिमाई आकार पृ. 160

रंगीन चित्र बड़ा आकार, पृ. 248

अंग्रेजी में: 250/- (HB)

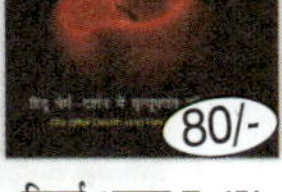

डिमाई आकार पृ. 176

डिमाई आकार पृ. 64

पृ. 80 (रंगीन)

डिमाई आकार पृ. 32

बड़ा आकार पृ. 160

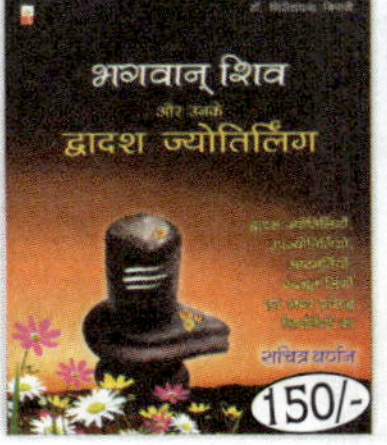

बड़ा आकार, पृ. 136

बड़ा आकार, पृ. 144

बड़ा आकार, पृ. 260

डाकखर्च: 30 से 40/- रुपए पुस्तक अतिरिक्त

महिलाओं को समर्पित उपयोगी पुस्तकें

डिमाई आकार, पृ. 135

डिमाई आकार, पृ. 135

डिमाई आकार, पृ. 144

डिमाई आकार, पृ. 336

डिमाई आकार, पृ. 328

डिमाई आकार, पृ. 144

डिमाई आकार, पृ. 144

डिमाई आकार, पृ. 144

बड़ा आकार, पृ. 52
अंग्रेजी में भी उपलब्ध

बड़ा आकार, पृ. 206
अंग्रेजी में भी उपलब्ध

बड़ा आकार, पृ. 136
अंग्रेजी में भी उपलब्ध

बागवानी

बड़ा आकार, पृ. 128

बड़ा आकार, पृ. 120

बड़ा आकार, पृ. 100

बड़ा आकार

पाक कलाएं

डिमाई आकार, पृ. 100

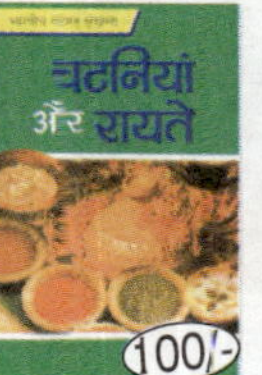

डिमाई आकार, पृ. 104

डिमाई आकार,

डिमाई आकार, पृ. 104

डिमाई आकार, पृ. 96

डिमाई आकार, पृ. 88

डिमाई आकार,

डिमाई आकार,

डिमाई आकार, पृ. 104

डिमाई आकार,

डिमाई आकार,

डिमाई आकार,

डाकखर्च: 30 से 40/- रुपए पुस्तक अतिरिक्त

डिमाई आकार, पृ. 136

डिमाई आकार, पृ. 192

डिमाई आकार, पृ. 136

डिमाई आकार, पृ. 136

डिमाई आकार, पृ. 136

डिमाई आकार, पृ. 192

बड़ा आकार, पृ. 120

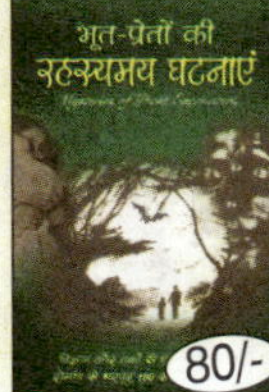

डिमाई आकार, पृ. 96

डिमाई आकार, पृ. 136

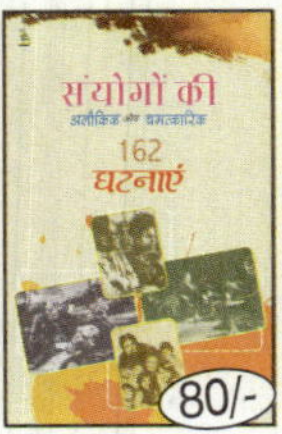

डिमाई आकार, पृ. 112

डिमाई आकार, पृ. 152

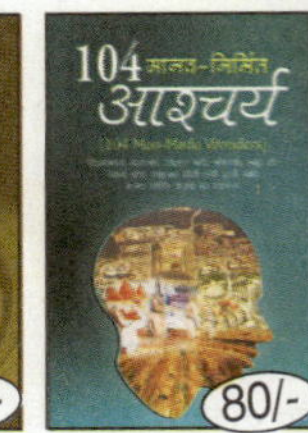

डिमाई आकार, पृ. 144

डिमाई आकार, पृ. 136

डिमाई आकार, पृ. 120

डिमाई आकार, पृ. 112
अंग्रेजी में भी उपलब्ध

डिमाई आकार, पृ. 120

डिमाई आकार, पृ. 120 डिमाई आकार, पृ. 144

बड़ा आकार, पृ. 224

हास्य-व्यंग्य

पृष्ठ: 128-144 प्रत्येक

मूल्य: 30/- से 50/- प्रत्येक

डाकखर्च: 30 से 40/- रुपए पुस्तक अतिरिक्त